林奇梅童詩選

——女巫 風箏 小溪

林奇梅 著

自序

《林奇梅童詩選》是匯集女巫、風箏、小溪等三輯詩，集結而成的兒童詩選，那是我嚐試為小朋友們寫出的新詩，它們是隨著我已經出版的《金黃耀眼》、《青草地》等兩本詩集之後而完成的作品。為小朋友寫詩和寫故事是我多麼喜歡做的事情，看見小朋友微笑的臉龐是多麼純真，自然而可愛，縱使他們因不高興而哭泣，也表現得天真無邪地讓人憐憫而將他們抱起。

當我們看見一束花兒的開放，它們的顏色美麗鮮豔無比，一片落葉輕輕的掉落，引得水面陣陣的漣漪，是美的圖畫，是自然的，是清純的，是多麼觸動人心而起了不同的幻想，所以一種令人感動到心坎裡的的東西就

是詩。舉頭看見月亮的微笑，想起了逝去的媽媽的臉龐，我的心隱隱的作痛，這是心靈的觸動，星星的閃爍，好像我那純真兒子的兩顆大眼睛，迷人的遐思是一種動人的情意，那就是詩。

我在海外從事於華文教學很多年，我與學生們相處得像是朋友，休息時，我與他們玩捉迷藏，玩積木和扮家家，我讓他們從玩遊戲中學會說華文，會唱華文的歌，也會朗朗順口地吟著兒童詩，他們也喜歡與我在紙上畫畫和爬格子填字，從這些學習的方法裏，他們學會了華文的讀和寫和說。

孩子是天生的詩人，一個孩子就是一首詩，他們純真的童心，蘊藏著美好的感情，善良的願望，有趣的情趣，他們富想像，這些想像又像詩又像畫，那是一種獨特的語言，這些語言又像醇酒和果汁，更像咖啡的芳香，讓人喝完後仍覺得口齒留香，回味無窮，與小朋友相處不免使我有很

自序

多的感觸，於是興起了，何不為小孩子們寫詩和寫故事的理念。

有了如此理念後，我先寫了《稻草人傑克》和《稻草人貝克》這兩本兒童故事書，經發行後，普遍地被孩子們喜歡和接受，從此，我有了信心地再繼續為小朋友們創作，從他們特有的語言裡，寫出他們的純真，寫出他們內心的感動，寫出他們的想像，寫出他們與大人不同的感覺，那是意境，那就是詩。

孩子們的純真就像一顆種子深深的埋在他心田裡，他們的腦袋瓜就像是一朵含苞待放的花，我們就像花園裡的園丁，倘若我們要使這一顆種子栽種而長得好，而成為一棵茁壯的樹，也能開出美麗而芬芳的花，那麼我們就需要給予陽光，給予雨露，和給予愛心和耐心的培育和照顧，我用詩和故事以一點一滴，添加在孩子們那小小的心靈裡，就像一顆好種子有了養分的滋養，而能長成一棵茁壯的樹，更能開出美麗的花。

創作詩的來源，就存留在我們周遭的環境和生活情景裡，只要我們細心的觀察則隨時可取，隨處可得，有如人與人之間，人與大自然之間，人與動物之間，人與植物之間，它們每日都生龍活虎地耀眼在我們的生活領域裡，童詩就是留心觀察週邊的小事，把它給記下來，由於這些詩都是簡短而隨性的居多，雖然有一點兒粗糙，但是，那是自然，是純樸，是一件未經雕琢的天真與無邪。

兒童詩的創作，就是保持內在未經雕琢的天真與無邪，及富有的童趣而不做作，外在則靠內心情感的波動，而訴之於文字，有了音樂性，但未必一定要有押韻，只要順口，自然，有節奏感，就會成為一首自然而感動人的詩。

林奇梅

二〇〇九年三月七日

於英國倫敦格林佛小鎮

contents

目次

第一輯 女巫

第二輯　風箏

contents

目次

第三輯　小溪

contents

目次

第一輯

女巫

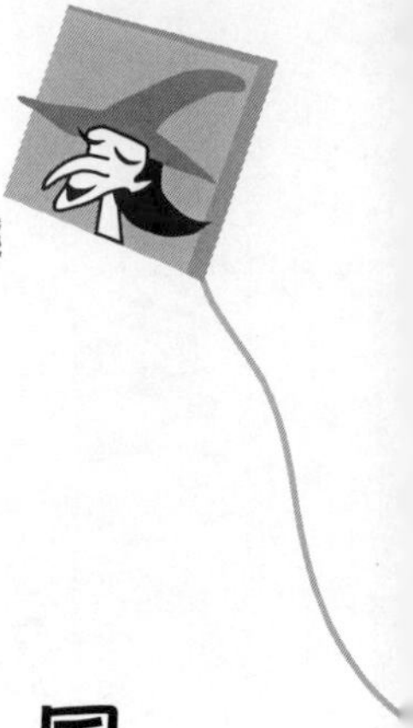

風

風兒是頑皮的小孩
每到春天
他就把小草搔得左右搖
每到夏天
他就把太陽的臉搧得紅紅燒
每到秋天
他就把樹上的頭髮拔得滿地掉
每到冬天
他就把雲的鹽巴灑得滿天飄

風兒像個無家可歸的孩子
從荒野越過草原
從草原徘徊到街道
大樹見了　不禁要替它哭泣
花兒見了　不禁要愁容滿面
小草見了　只有低頭嘆氣
人們見了　希望他早早回家
不要在街上逗留
可憐的風兒　何處是你家？

風兒像動物園裡的老虎

女巫　風箏　小溪

生氣時　狂吹怒吼呼嘯
高興時　軟綿綿趴著睡懶覺

風兒像孤獨的吹笛者
在寂靜的峽谷裡吹響
在夜裡與星星月亮捉迷藏
卻把你送到甜蜜的夢鄉

海

海是一張藍色的桌巾
太陽出來照亮了
晶瑩剔透的杯子
每天歡迎來自遠方
大小不同國家的客人
背著厚重的行李
安全地駛進了港灣

山

山大哥
你長得真魁梧
有了寬厚的胸脯
學得一身好功夫

山大哥
你長得真帥
喜歡穿綠衣服
太陽

是你頭上的紅帽子
瀑布
是你身上潔白的領帶

山大哥
你真勇敢
兇猛的老虎
住在你的家
獅子信口開河說：
「山就是我的好朋友」

山大哥
你有好脾氣
頑皮的小松鼠
在你的身上爬上爬下
你都不生氣

女巫 風箏 小溪

春天

春天到　花園真熱鬧
水仙穿著一件黃衣裳
玫瑰戴上一頂紅花帽

春天到　後院真熱鬧
蜜蜂忙做工　蝴蝶舞不停
從一片片花蕊
一隻隻飛出來

飛　飛　飛不停
飛到小河邊聽水聲
飛　飛　飛不停
飛到樹頂尖聽鳥聲

飛　飛　飛不停
飛上天　飛過彩雲
飛到太陽公公的身邊

夏天

圓圓的太陽
高高地
掛在椰樹上
像是喝醉酒
挺著大圓球
紅了黃芒果
喜愛聽蟬鳴
綠了榕樹屋

屋上住著小畫眉
喜唱悅耳的歌
喚醒農夫
趕著牛兒犁田
忙插秧種蕃薯
鋤草　施肥　勤灌水
綠樹莖幹強壯
樹蔭遮滿天
樹下乘涼
阿公阿婆講古說今
孩兒喜愛聽

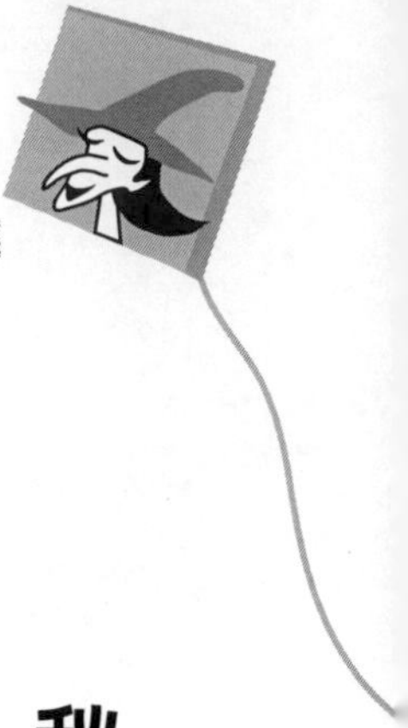

秋天

秋天到
花兒謝　樹葉掉
小鳥飛去
蝴蝶的影子不見了
樹上的葉子變了
有紅色　黃色　金色
地上的葉子
在風裡飛來飛去
秋天的景色真漂亮

秋天到
大地一片金黃
小松鼠忙過冬
大雁排隊飛向南方
秋天的風景真像一幅畫

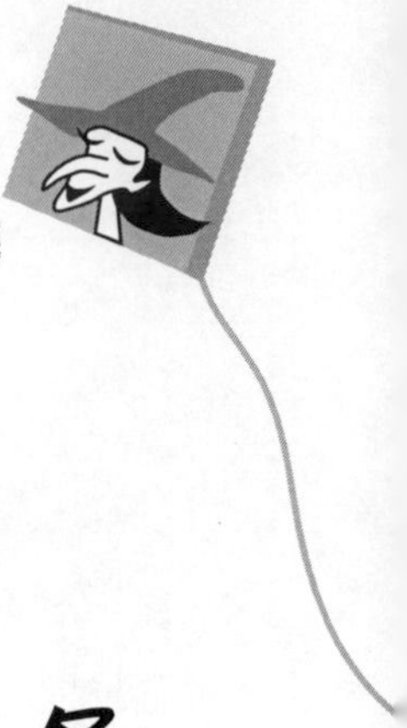

冬天

冬天是一位魔術師
他把樹公公的頭變禿頭
他把風伯伯變成虎姑婆
他把山婆婆的綠衣變白紗

冬天是一位熱情的小姑娘
真會替人傷心難過
淚水滴滿小池塘
濕答答了球場

冬天真是好心腸
雪橇乘載著穿紅袍的老公公
背起大背包
不怕辛苦到處送禮物
張家的小孩愛哭鬧
一看見聖誕老公公
張嘴哈哈笑！

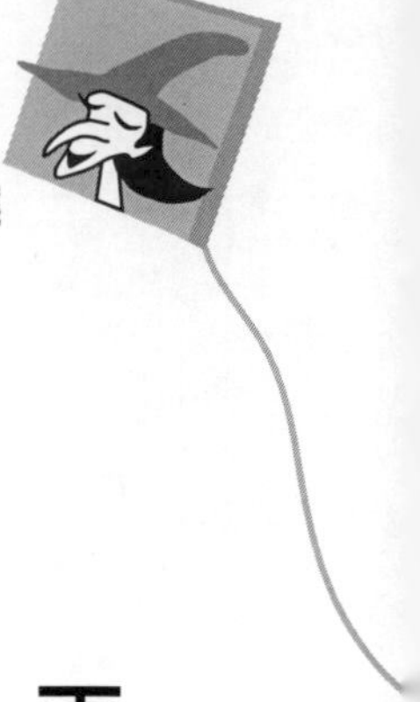

雨聲

我最愛聽雨聲
春天的雨　稀稀疏疏
整個山靄罩住霧
夏天的雨　嘩啦嘩啦
雷聲閃電　濺雨在池塘
雨絲灑落　天上的彩虹橋
秋天的雨　滴滴答答
唱首黃葉的歌

輕輕飄飄　落得滿後院
冬天的雨　白茫茫靜悄悄
鋪滿在冰湖
讓我觀賞了一場美麗的天鵝舞

小河

小河有開朗的性格
喜歡去郊遊
常常唱快樂的歌
喜歡走山坡
一天到晚走千里
練成一身好功夫
遇到困難
不畏懼

勇敢前進
與大海來相聚

太陽

太陽公公的頭
圓圓像皮球
喜歡穿紅衣
身上長鬍鬚
鬍鬚長
天天扎在
我的臉龐
太陽公公的嘴

笑嘻嘻
喜歡和我作伴
我走到哪裡
親著我的紅臉蛋

太陽公公的腳
真勤快
從早走到晚
不休息
直到晚上
帶著月亮和星星
向我說聲：「晚安」

星星

小明向媽媽說：「晚安」
身上長翅膀
越野荒涼的灰塵
飛過空曠的藍天白雲
來到一個奇怪的小鎮
鎮上沒有綠樹成蔭
沒有琳琅滿目的商舖
屋子是亮晶晶

小明走到一條河
河上粒粒閃爍
到處光亮的黃金屋
屋裡住著仙女在織布
小明進屋說聲：「哈囉」
織女聽了真高興
送給小明大批布
布上繡著金童玉女

大批布變成帆布袋
裝滿粒粒晶晶
乘飛馬

飛過銀河
回大地
敲門叫一聲：
「媽，黃金送給你」
醒來　原來是一場夢

下雨天

白雲像軟綿綿的棉花糖
高興在天上
突然黑漆漆的雲飄過
匆匆忙忙的雨點兒
像串串珍珠從屋簷滑下

濕漉漉的道路水珠飛濺
行人撐起一把把花雨傘
點綴著大地添加美麗

雨後的每一朵花兒笑咪咪
高大的樹像洗過澡的大巨人
引得一群群鳥兒吱吱喳喳

天上出現一道秀麗的彩虹
紅、橙、黃、綠、藍、靛、紫
彩虹像一條天然的項鍊
又像大自然的一條繩
引得小鳥高高興興飛到

小草

小草！小草！
給大地鋪一片綠地毯
讓世界錦繡美好

小草！小草！
送給羊兒一片青幼苗
不要任何回報

小草！小草！

愛你的人看見你就笑
遊玩的人踩著你就跳
你卻從來不哭鬧

小草！小草！
你真勇敢　不怕風吹雨打
怨你的人用鋤鏟掉
農夫把你用火燒
你不但不逃跑
還要當肥料

小草！小草！

你高興　頭上戴花帽
你難過　頭低垂掉淚水
你的苦惱我全知道
等待春天來了
你就會轉好

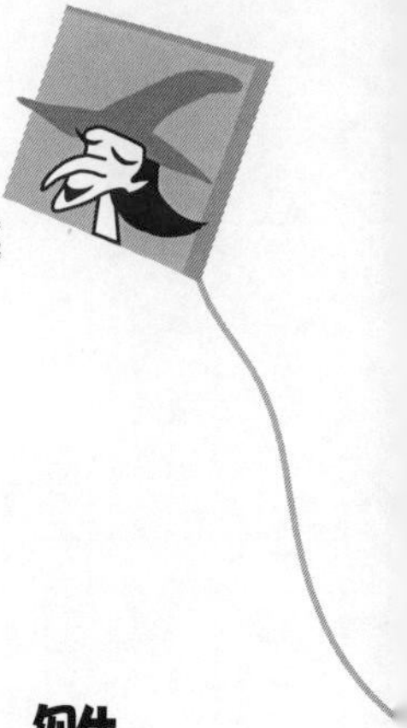

雛菊

我是一朵小雛菊
喜愛住在鄉間裡
小蜜蜂來採蜜
在我頭上唱首歌
嗡嗡嗡我們來做工
小蝴蝶愛跳舞
飛到我的花瓣上
滴答滴答跳著西班牙舞

我是一朵小黃花
家住山坡上
每天面對著海洋
看見漁夫豐收回家
雲兒在我的頭上飛
風兒在我的耳朵笑
帶著我乘著小帆到處跑

我是一朵小雛菊
喜愛給小草戴黃帽
小鳥吃飽蟲兒種子
圍在我身旁唱首悅耳的歌

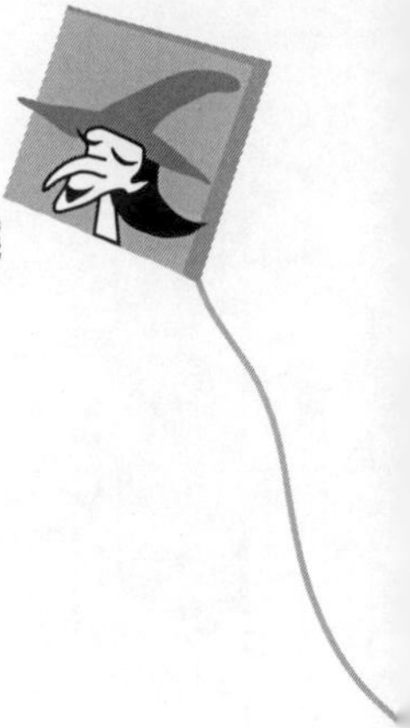

螞蟻銜著我的身子
周遊列國找新家

牽牛花

圓圓的太陽一出來
牽牛花像彩色的泉
悄悄的走　靜靜的噴
噴出晶瑩的晨
噴出芬芳的霧

紫色的香
獻給小草
紫色的笑

女巫 風箏 小溪

獻給泥土
一朵追一朵
散步到小河邊
由竹籬到樹尖到藍天
我看得真開心

紅紅的太陽一下山
紫紅色的牽牛花
又隨著花瓣
躲在綠柔柔的樹葉底

椰子樹

椰子樹啊
你筆直的身軀
老是站在海邊
不怕風吹日曬
是不是你喜歡和海作伴？

椰子樹啊
你撐著大陽傘
老是伸出你的手

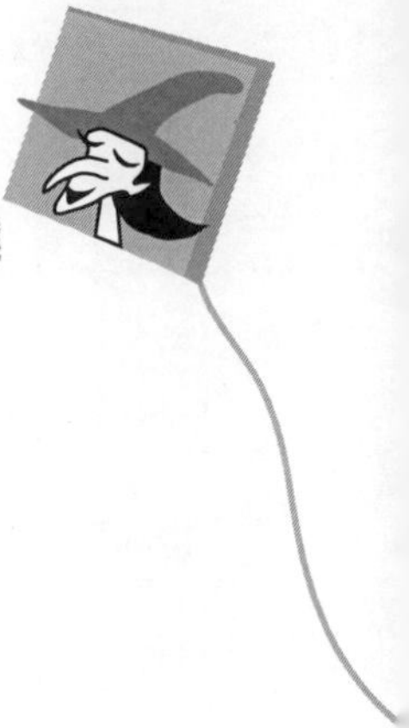

搖來搖去
是不是你喜歡和風追遊戲？

椰子樹啊
你的花兒芬芳美麗
長得一串串像鬍鬚
飛來飛去
是不是你喜歡乘雲到月裡？

椰子樹啊
你的果實大大圓鼓鼓
長得真像橄欖球

滾來滾去
是不是你喜歡和海游到他鄉地

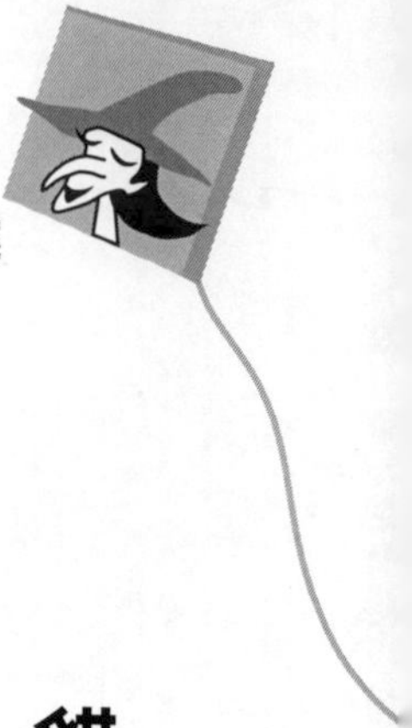

貓

有一隻小花貓
牠的名子叫瑪麗
住在一間小屋裡
長得漂亮愛遊戲
輕悄悄的走到花園裡

想與蝴蝶作朋友
怎麼做呢？
做一朵水仙花

把嘴巴張大大
蝴蝶會飛到我的花葉

想與鳥兒說話
怎麼說呢？
做一棵松樹
長得綠油油
小鳥就會在我的頭上唱歌

小花貓喊著一二三
單隻腳開始跳躍起
張開身子像一朵花

哎呀一聲！掉到池塘裡
小花貓張開大嘴巴
學著鳥兒來唱歌
咿呀　咿啊　咿啊
喵喵　喵喵喵
不是吱吱喳喳

小花貓學不來
怎麼辦？
只好回到小窩
躺在床上
喵喵喵睡懶覺

螞蟻

小小螞蟻真規矩
排隊上學去
牠們碰面時
都會交頭接耳談秘密
好像互通什麼消息
「今天不要忘記帶鉛筆」

小小螞蟻真規矩
一行在地上走

一列在牆上爬
背著書包上學校
碰面時交頭接耳通消息
「今天不會忘記帶橡皮」

小小螞蟻真規矩
聽到鐘聲
默默地進教室
整個隊伍訓練得有秩序
博得老師歡心
「今天考試得第一」
高高興興領獎回家去

蝙蝠

蝙蝠長得真奇怪
是人類的臉
老鼠的身體
卻有翅膀
手掌像羽帽
撐張在頭上
喜愛居住在老屋
夜裡飛行像落葉

飄向左伸向右
兩顆大眼睛
像一盞電燈
尋尋覓覓

老鼠

城市老鼠住在大屋裡
鄉下老鼠住在土窯地
城市老鼠吃麵包和起司
鄉下老鼠吃菜葉和馬鈴薯

城市老鼠好交際
一天到晚出門坐車
到餐廳喝白蘭地
鄉下老鼠的朋友

是青蛙和蟾蜍
出門看花姐喝蜂蜜

城市老鼠每天忙工作
否則肚子會鬧空城計
鄉下老鼠真悠閒
每天作運動
翹起兩條腿
伸出兩手食物送到嘴
吃得飽飽倒頭就睡

蝸牛

太陽一下山
天氣真涼爽
小蝸牛身上背著花木屋
伸出頭鬚匍匐在地上

小蝸牛走得慢
一步一步往前行
爬上後院圍牆的綠叢林

女巫 風箏 小溪

小蝸牛像一隻餓荒的賊
喜愛吃嫩葉
從來不擦嘴
滴得滿地都是口水

蜘蛛

蜘蛛聰明不飛翔
八隻腳立在樹叢上
耐心織著銀絲網
狡猾地等待
蒼蠅來落網

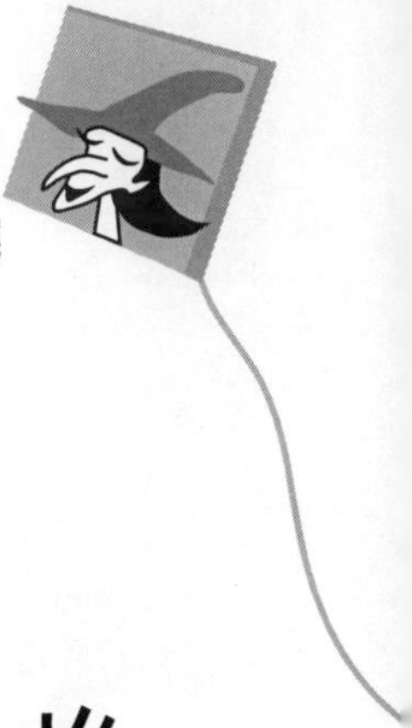

火雞

火雞一天到晚咕咕啼
感恩會是你
穿上紅衣
到爐子裡
擺桌上
不咕啼

蜻蜓

綠色的草地
停著一隻小飛機
頭大身體輕
兩隻眼睛圓得像玻璃
透明亮晶晶
像星星

湖邊風吹
蘆葦搖曳

枝上一隻小飛機
擺動著翅膀
就要飛去
「媽媽」請快點
否則來不及

鴨子

小鴨子學游泳
一天到晚跟在媽媽後
看到青蛙撲通一聲「嘓嘓」
伸長脖子潛進水
翹起臀部腳掌似黃花

小鴨子學說話
口銜青蛙只會唱「嘎嘎」
仰天看見太陽甚歡心

大叫一聲「嘎嘎嘎」

小鴨子學追逐
黃掌像槳板
張開翅膀像小船
爸爸媽媽是裁判
一二三準備好
「嘎嘎」三聲向前跑

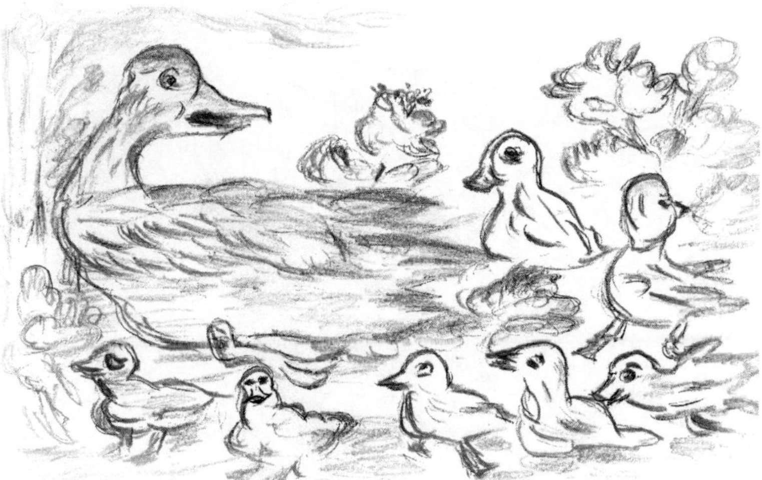

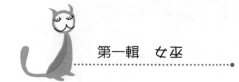

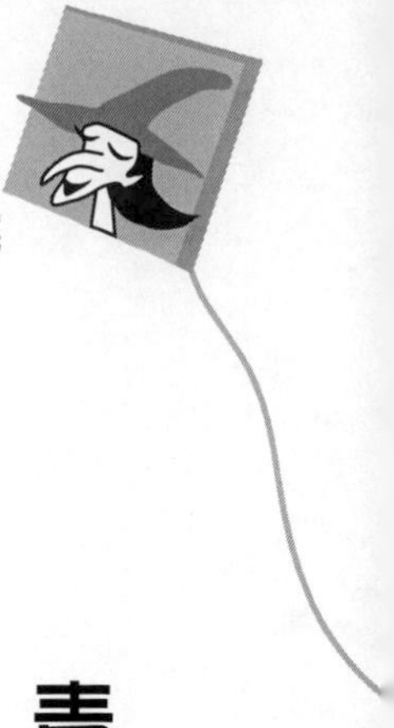

青蛙

潘蒂克小花園
三隻小青蛙
住在同一個屋簷
每天一清早
就站在小河邊
唱歌來比賽
看誰得第一
冠以「青蛙王子」

第一隻是約翰
唱起歌來真勇敢
三聲「聒　聒　聒」

第二隻是彼得
唱起歌來真愉快
三聲「兜　兜　兜」

第三隻是國強
挺起大肚子
唱起歌來最強壯
三聲「嘓　嘓　嘓」

三隻小青蛙
一唱兜兜兜
二唱都都都
三唱嘓嘓嘓
大喊肚子餓
撲通　撲通　撲通！
快去找阿公

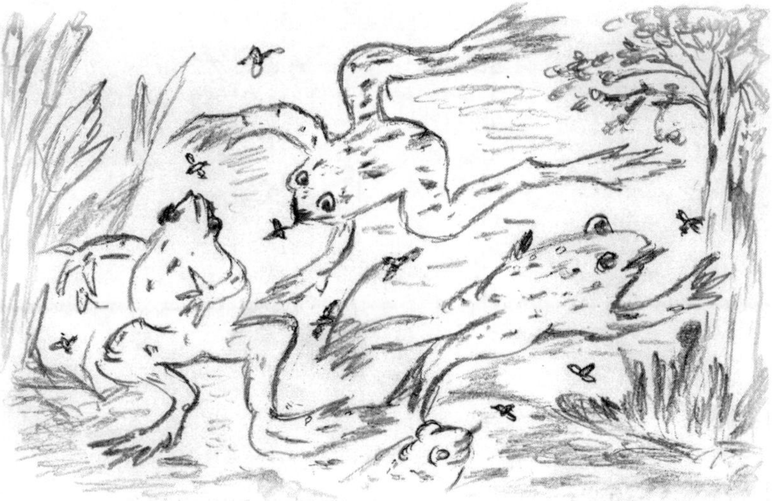

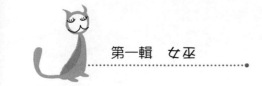

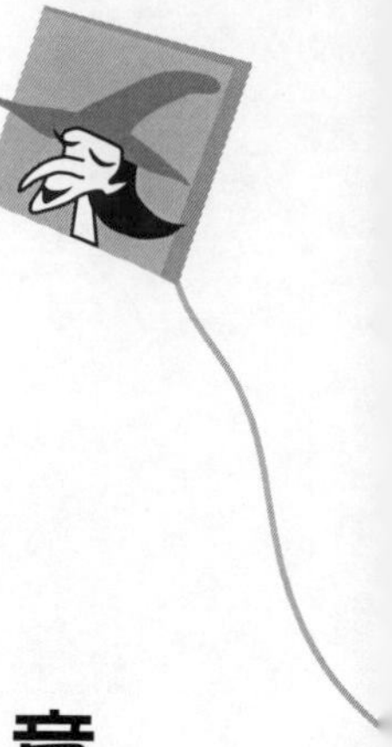

章魚

小章魚長在大海裡
說牠是魚卻不像魚
長著八隻腳真有趣
走起路來一拐又一拐
遇到石頭緊緊地抱在一起

小章魚長在大海裡
想跟花魚追遊戲
花魚說牠不是魚

一溜走不知到哪裡？
小章魚好難過
掉下黑色的淚滴

小章魚長在大海裡
想跟魷魚玩遊戲
兩隻頭兒比一比
小章魚終於贏得第一
原來牠是個大頭兒
八隻腳的怪物哩！

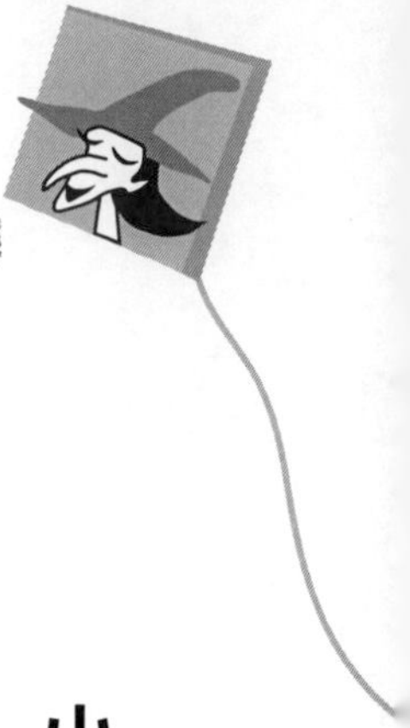

小魚兒

小魚兒住在鄉下小溪裡
看見蝦兒張開口笑嘻嘻
看見青蛙挺著肚子叫嘓嘓
濺起兩條腿撲通游下水

小魚兒愛冒險
跟著爸爸媽媽說再見
勇敢向前游到一條小河
看見一隻大白鵝

正在教小鵝學唱歌
小魚兒真好奇
越過小河游到大海裡
看見海豚正在表演遊戲
看見螃蟹拿著剪刀
喀嚓喀嚓笑嘻嘻
看見海龜一擺一擺到沙灘地

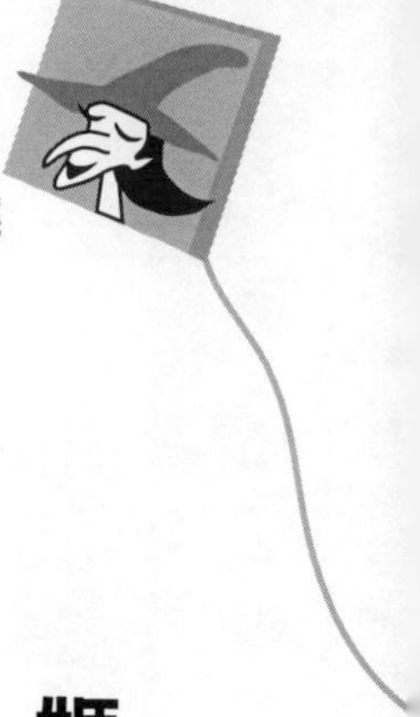

媽媽

媽媽像什麼？
媽媽像一個小鬧鐘
每天早上叫我起床

媽媽像什麼？
媽媽像一位美麗的小公主
每天坐在鏡子前梳頭髮

媽媽像什麼？

媽媽像一台錄音機

媽媽像什麼？
媽媽像放風箏的長細線
每天繫著我的心

媽媽像什麼？
媽媽像一把大傘
夏天幫我遮太陽
冬天幫我擋雪寒

童年

走過了溪洲橋
寬廣是嘉南平原
有一大片一大片
高高的玉米地
青色的甘蔗田
金黃穗穗的稻米園

走進了層層的山巒
一棵棵高高的檳榔

小火車汽笛聲響
蜿蜒崎嶇入山洞
神木高高立在山上

越過了巍峨的山嶺
是藍色的海
海連天　天連海
一艘艘漁船遠在天邊
天這麼黑　風這麼大
爸爸捕魚去　媽媽真掛念
孩兒　孩兒　別害怕
乖乖聽媽媽的話

我就帶著魚兒快回家

我走過
綠油油的童年
金黃黃的歡笑聲
我走過
高高的竹林園
我更走出
海連心　心連海
日夜掛念的家園

漁夫

漁夫可真忙
一天到晚坐著船
搖起槳撒灑著網
向大海鋪一張
層層白白的波浪

肥皂

五顏六色的肥皂
活潑像一條魚
沖涼的時候
只要沾上水
就會在我的身上滑來游去

五顏六色的肥皂
真頑皮　像隻青蛙愛遊戲
只要翻一個身

跳進水缸裡
不停地咕嚕咕嚕愛呼叫

五顏六色的肥皂
喜歡吹泡泡
輕飄飄與風兒追逐
圓圓球像氣球飛上天
與太陽公公玩躲貓貓

小火車

小火車身長又蜿蜒
車箱像甘蔗一節長一節
喜愛吹喇叭喝汽水
口吐黑煙
長長鬍鬚像老公公

小火車載甘蔗
喜愛走鄉村小道
爬上山坡小路

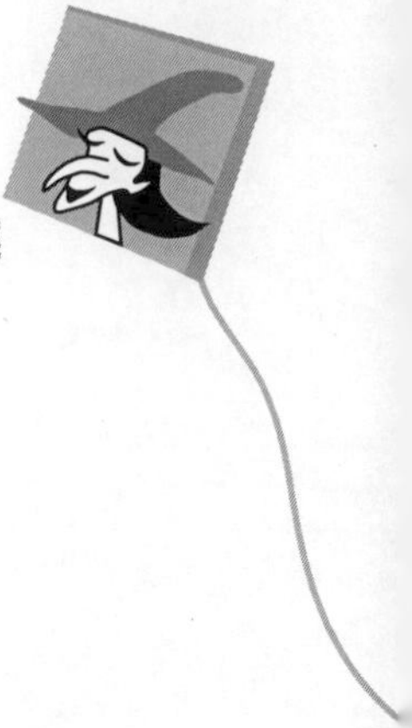

汽笛聲響過山洞
拋著牛兒在腦後
看見農夫一聲：「嗶嗶　嗶」

小火車喜歡
載朋友去遠足
汽笛聲響像鬧鐘
滴答滴答駛不停
走過鳥語花香的春天
越過樹蔭濃密的夏天
和落葉繽紛的秋天在一起
與灰濛濛的冬夜話語綿綿

小火車真偉大
每天載著小朋友
走過空曠的平原
和小野菊的殘夢在一起
滿懷祈願和渴望
默默地駛向遠方

女巫

一座破屋子
住著一位女巫
身上穿一件紅衣服
自學魔法書
喜歡蘋果變雞蛋
卻變成馬鈴薯
想把頭髮變麵包
卻變成大麵條

女巫很孤獨
已經活到九十五
騎著金掃帚
越過草原和森林
飛到小人屋
拿起手杖來打麥
把麥磨粉作燒麥

一籮細二籮白
叫聲婆婆快快來
三籮四籮麵粉粗
五聲六聲變小屋

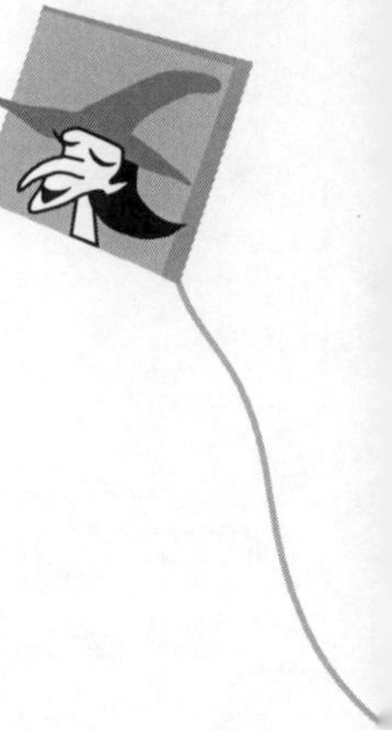

七讀八讀餵小豬
女巫真厲害
說聲：「變」
又回到破屋殿

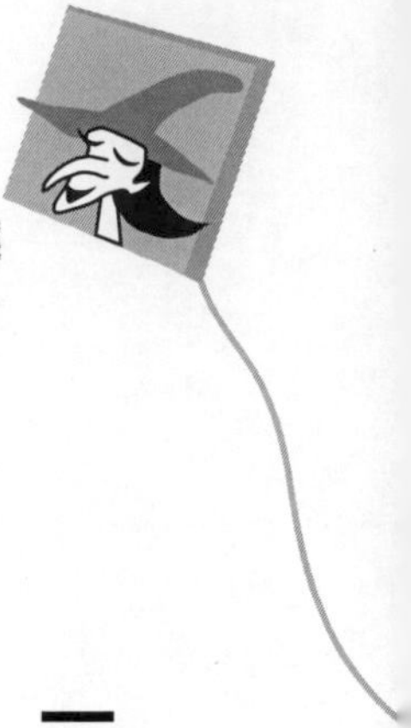

元宵節

元宵節又叫小過年
敬拜祖先保佑平安萬萬年
高高興興提燈到廟前

舞龍舞獅雜耍真熱鬧
猜燈謎獎品滿乾坤
放鞭炮劈劈噗噗閃射在天空

小河水燈一盞一盞像銀河

駛向遠方放光明
人人歡喜小過年

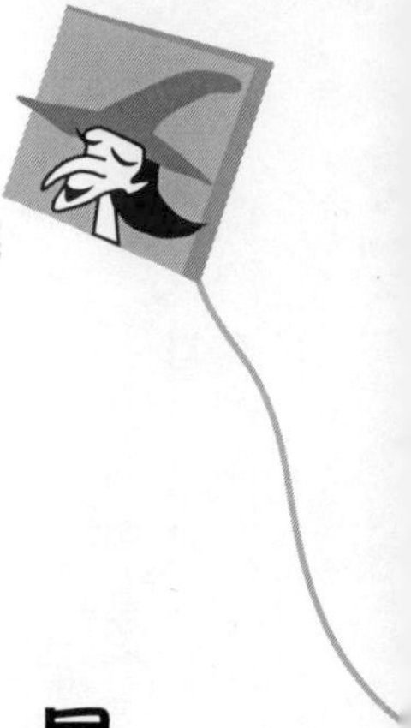

星期天

微風輕輕地吹
白雲慢慢地飄
星期天的早晨真美好
太陽多明亮
我們到公園跑一跑
踢足球　盪鞦韆　溜滑梯
我們的臉蛋通紅
充滿了歡笑

涼風輕輕地吹
白雲在天上飄
星期天的早晨多美好
小鳥在枝頭叫
樹枝向我們招招手
我們到樹下玩捉迷藏
逗小狗　學狗叫
我們的臉蛋通紅
充滿了微笑

微風輕輕地吹
白雲慢慢地飄

女巫　風箏　小溪

星期天的天氣多美好
艷陽在高空照
船兒行在海裡汽笛響
我們到海邊釣魚去划船
游泳　泡水　玩沙丘
我們的臉蛋通紅
充滿了微笑

第二輯

風箏

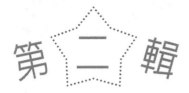

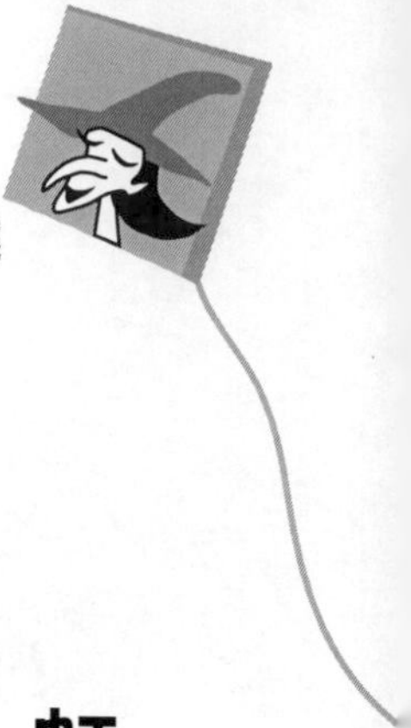

虹

狂風兇猛趕走黑雲爸爸
嚇得黑雲媽媽躲不及
忙著向小雨滴說再見
飛過空曠的藍天白雲
來到一個奇怪的小鎮
與黑雲爸爸擠在一起
轟隆轟隆雷打擊
黑雲爸爸媽媽眼淚流滿地

短暫的下雨
太陽公公微微笑在海裡
到處光亮又金黃
小雨滴高高興興地擠在一起
穿上紅橙黃綠藍靛紫衣衫
粒粒閃爍在天空成彩虹

小朋友趕快做功課
當彩虹出現時
好好地摺好紙船
我坐在虹的這一端
你就坐在虹的另一頭

我們合力蕩槳去
跟著春神走
編織綺麗的花世界給宇宙

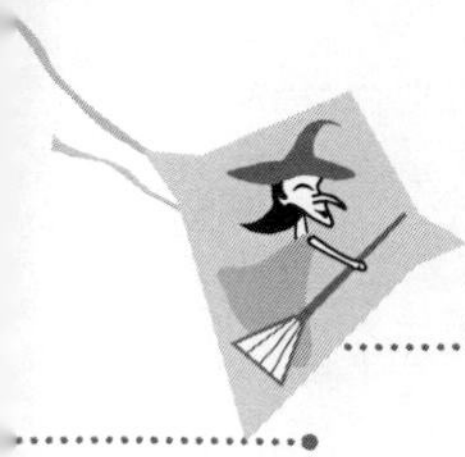

風

風兒在門口
他正在生氣
我聽到他咆哮
打得窗兒嘎嘎叫
拉著門兒碰碰響

風兒在森林裡
他正在傷心
我聽到他與樹低語

女巫　風箏　小溪

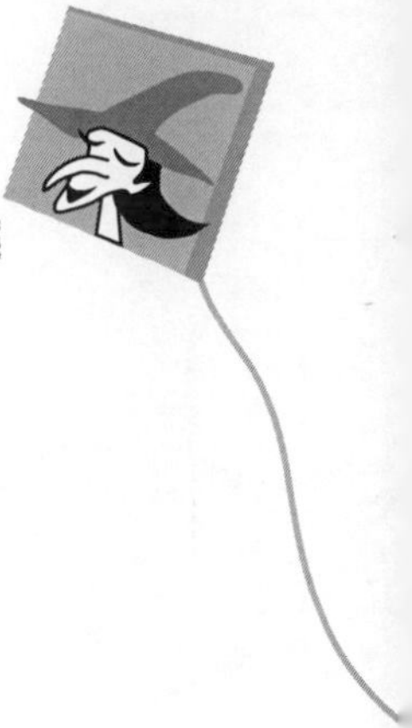

樹兒頻頻點頭
攀著風兒搖身體

風兒在路上
他正在高興
跟我玩遊戲　對我開玩笑
風兒抓著我的帽子
向前走向後繞
我得快快跑
向風兒追回我的阿公帽

太陽

太陽像一隻橘色的軍艦
航行在靜謐的大海

太陽像一枚金銀幣
徐徐上升吊掛在天際

太陽像一顆黃色的海灘球
讓我們踢來踢去
踢到藍色的天空裡

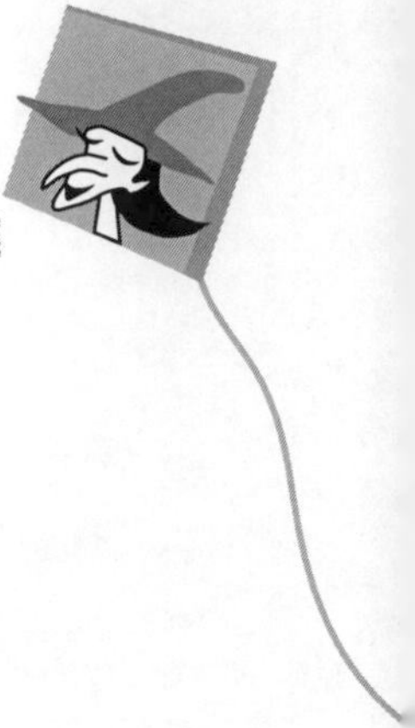

太陽像我的大拇指頭
沾了紅色的水彩
印染在一張藍色的紙

太陽像一個金色的汽水瓶蓋
浮游在水上而沉到藍色的海底

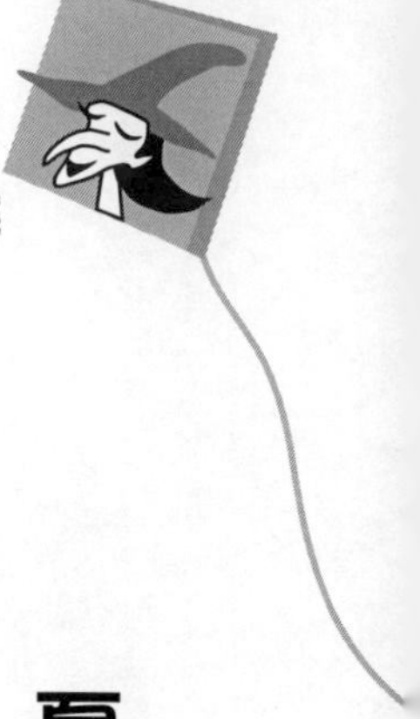

夏天

什麼時候說天氣熱？
第一要我脫掉鞋子
第二要我脫掉襯衫
第三要我脫掉褲子
第四要我脫掉內衣褲
第五要我全身脫光
一絲不掛地跳進水
就像一條魚游到大海裡

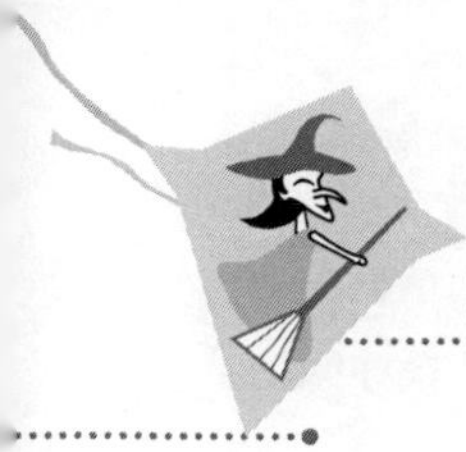

冬天

冬天是一個魔術師
他把樹公公的耳朵刮不見
把樹婆婆的衣服脫光
把樹枝芽變掃把

帶山媽媽吹白沙
載著巫婆乘風到處跑

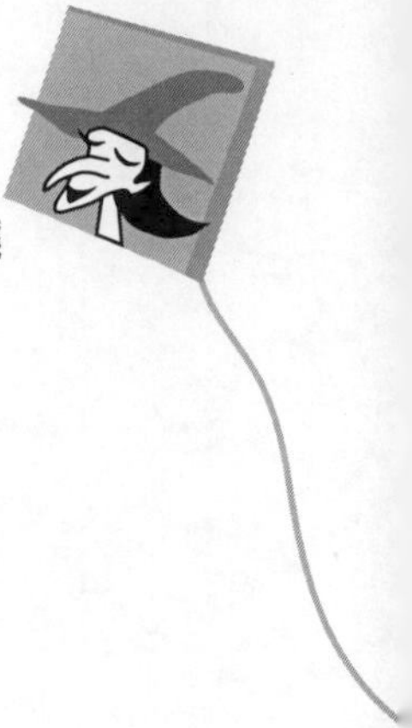

冬天是一個魔術師
他把黑雲遮住太陽
把鑼鼓搬到空中敲響
把雪花飄灑水滴落滿地上
使得這兒撐傘那兒穿雨衣
濕答答的球場變成滑溜溜的冰場

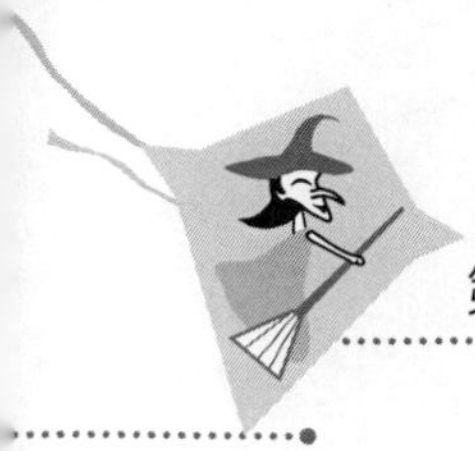

秋風

秋風是一個無家可歸的孩子
他到處去流浪
從荒野走到到草原
從草原徘徊到公園
大樹見了　不禁替他流眼淚
花兒見了　不禁替他愁容滿面
小草見了　只是低頭嘆氣
人們見了　只希望風兒早早回家
秋風呀秋風　何處是你家？

請不要再逗留
快點兒回家見見媽

北風

北風像隻大獅子
張開嘴巴「呼呼吼」
太陽害怕了
躲到黑雲裡

北風像隻小猴子
愛爬樹找媽媽
把樹當搖籃
使得樹彎了腰

女巫 風箏 小溪

葉子掉了滿地上
北風像虎姑婆
長長的指甲爪
拿起掃帚乘起雲
呼嘯到古堡裡

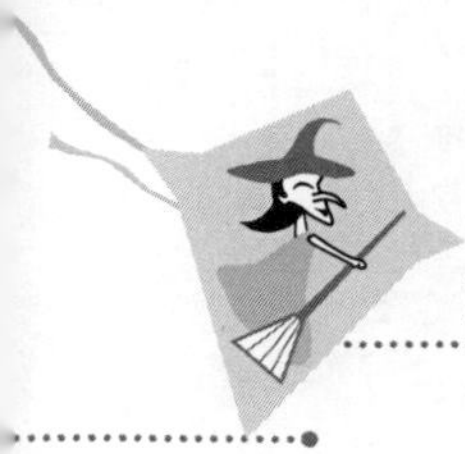

風箏

我是一個愛飛的頑皮孩子
媽媽說：「天上有皇帝和宮女」
跟著雲姊姊蹦蹦跳跳
跑跑飛飛到天宮找織女
安慰她不哭泣，快點織蓑衣
會見牛郎在七夕

我是一個愛冒險的孩子
爸爸說：「天上有月亮和太陽」

跟著風姊姊輕輕飄飄
搖搖擺擺到天宮找月亮
看看她白天躲到哪裡
與誰嘮嘮叨叨談知心語

哥哥姊姊牽著我的長衣裙
讓我在空中自由飛翔
卻牢牢地抓著我不放
怕我跌落大地
媽媽　媽媽　不用擔心
風姊姊是個好同伴
她最為了解我心意

太陽不見了

小黃狗
坐在大門口
想吃肉骨頭
看見主人搖搖尾
張開嘴巴流口水

小黃狗
吃完肉骨頭
張著嘴流口水

呼嚕呼嚕打鼾睡
吵醒了太陽公公
太陽公公覺得好害羞
躲到雲裡
鋪起被
睡著了覺
太陽不見了

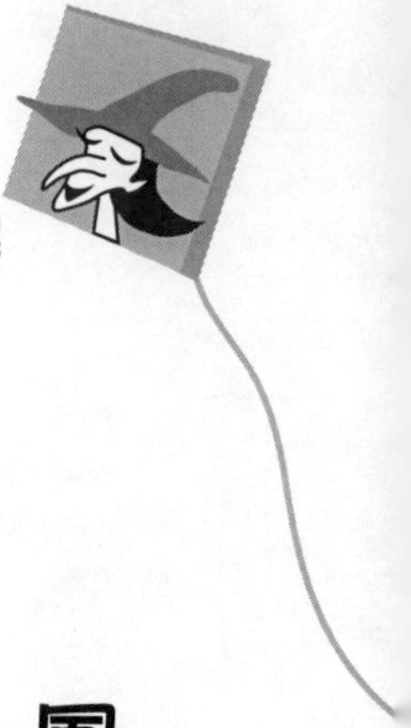

鳳梨

酸酸甜甜的鳳梨
溜進我的嘴巴裡
麻木了我的牙齒
慢慢咬著它
甜蜜了我的舌頭

香濃的鳳梨汁
滑進肚子裡
健康的水果

我的臉蛋紅潤
嘴兒滿足露出了微笑

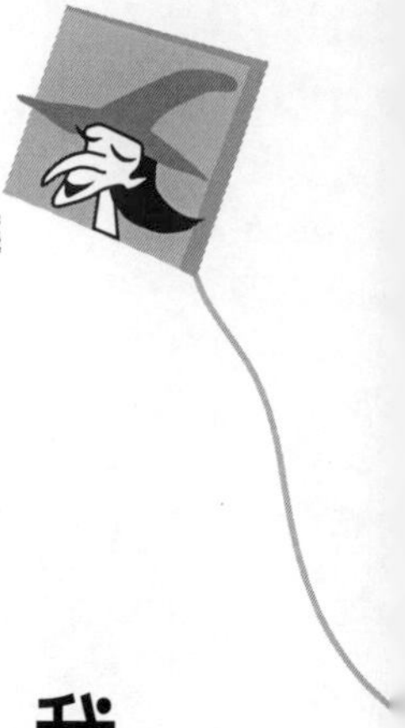

我像什麼水果

我的臉蛋紅紅
像個紅蘋果

我愛曬太陽
像個紅褐色的梨

我的身體一節一節
像一枝紅甘蔗

我走起路來直直地
像個阿兵哥

我臉頰紅紅大大的
又像一個小蕃茄

我對著鏡子說
我既不像張三也不像李四
我像爸爸也像媽媽
我更像我自己

小鳥

小鳥絨絨羽毛
尖尖嘴巴
圓圓珠珠眼睛
勾勾長長鼻子
小小細細腳
彩色翅膀能飛翔

小鳥美麗又聰明
會說故事

吱吱喳喳
啾嘰　滴咕　嘰嘰咕
會唱快樂的歌
啾啾啾　滴滴滴
咕嘰　咕嘰　咕咕嘰

小鳥苗條又輕挑
練得一身好功夫
在電線桿上唱歌跳舞
好勇敢不畏懼
自由飛翔在天空
一天到晚行千里

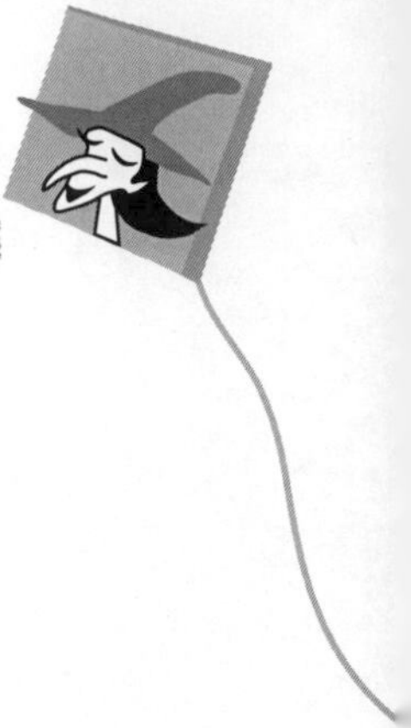

飛過海洋和高山
飛到牠喜愛的田園裡

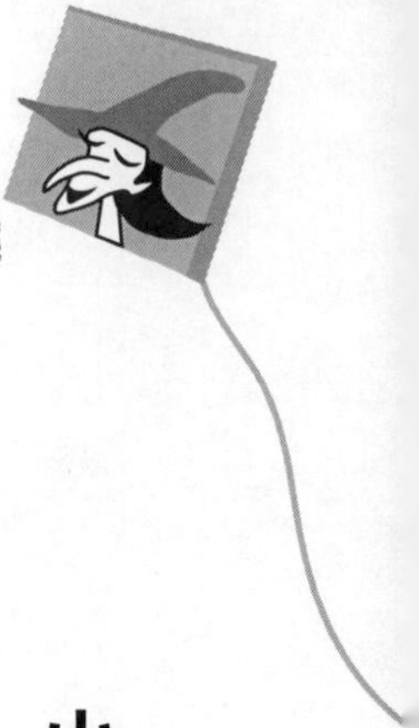

小狗

有一隻小狗名叫小白
長得聰明又可愛
黑眼睛白色毛
褐色鼻紅舌頭
喜歡追、趕、跑、跳、碰
看見喜歡的人就搖尾巴
討厭的人就汪汪叫
喜歡與貓玩球捉迷藏
貓一生氣爬上樹

小狗在樹下跑一跑、繞一繞
抬起頭又點點頭
說聲：「貓姊姊對不起」
於是趴在樹頭不吭氣

巫
女　風　小
　　箏　溪

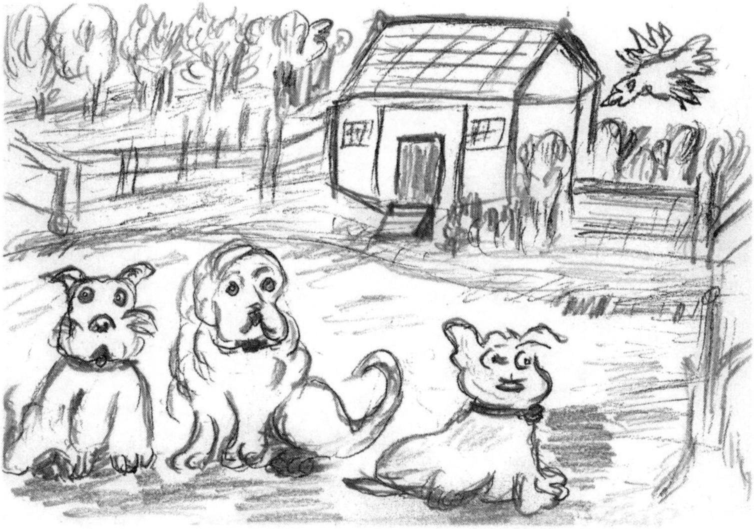

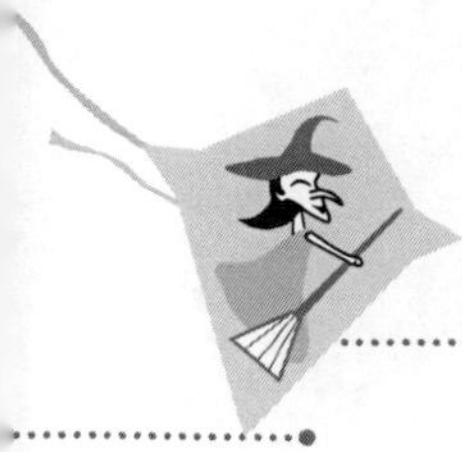

小鹿

小鹿昂起頭
戴著枝枝枒枒的角
閃進森林裡
站在那兒
與樹融合在一起
芬芳的花影
綠油油的樹影
給牠披上了一件彩衣
牠像一棵會跑的樹

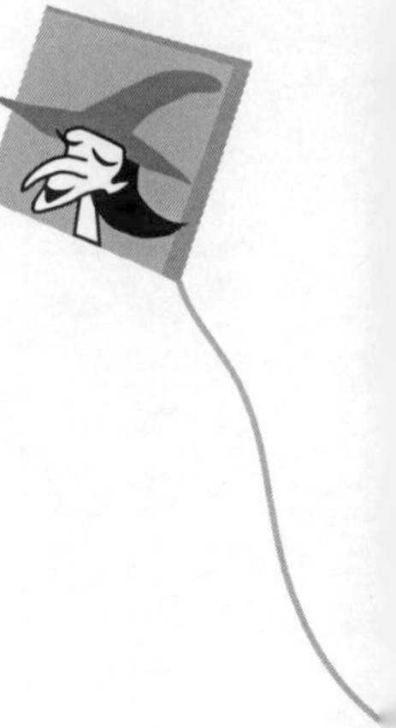

與高而挺拔的松樹爺爺
鞠躬握手說聲：「爺爺早安」
與茁壯的橡樹爸爸
鞠躬微笑說聲：「爸爸早安」
小鹿說：「爺爺、爸爸春天來了。」

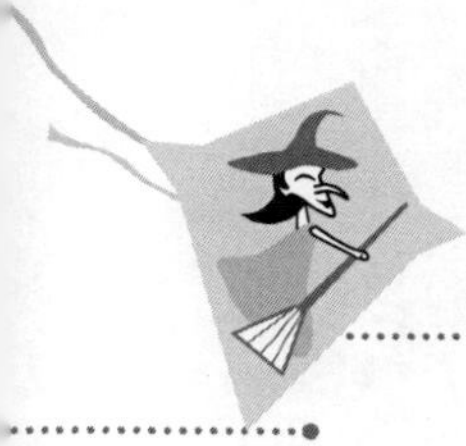

蝸牛

下雨天草地濕濕
背著一座褐色屋
攀沿常青樹爬下床
軟軟的角鬚尖尖臀宇
慢慢的伸頭慢慢的走
黃昏沒有敵意的友伴
我卻是一位夜貓神探
到處聞一聞嗅一嗅

女巫 風箏 小溪

青青白菜葉最新鮮
金黃水仙花兒最艷麗
我得默默地享受吃個飽

我有灰粉筆到處畫條線
我的屋宇樣樣都俱備
逐巢而居像個吉普賽
一天爬數哩路沒人會知道
運動場來比賽
獲得精神獎是我的親兄弟

蚯蚓

當春神來臨時
風兒吹拂
花兒開放搖曳生姿
草兒綠油油在公園
肥肥蚯蚓躲在土壤裡

鳥兒不害羞
唱首快樂的歌
嘴巴尖尖地往地底啄

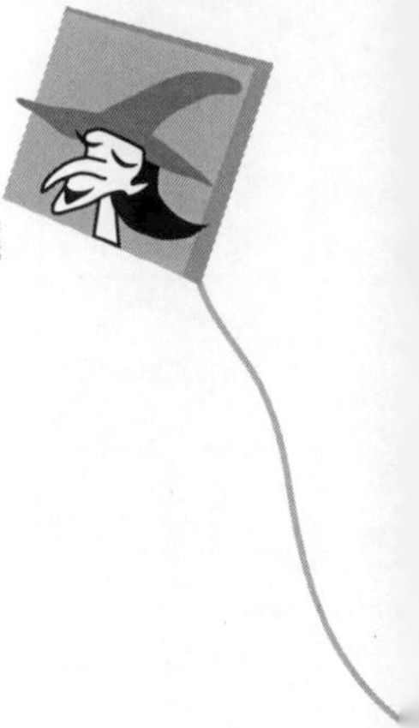

一隻又一隻的吞食

小鳥愛蚯蚓
好像我愛牛奶
麵包和蘋果派

記得小時候
我也嚐過小蚯蚓
那是媽媽的小奶奶
是長在身體
不是在地底裡

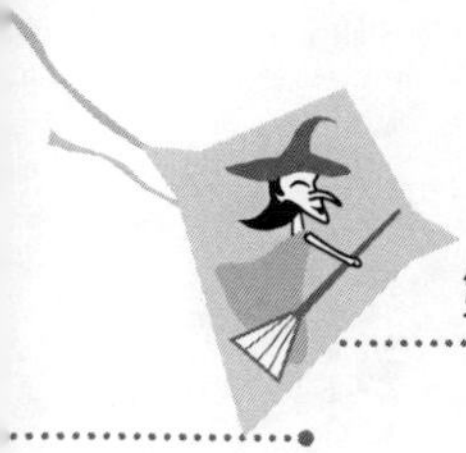

猴子

小猴子幫媽媽
擺攤子賣水果
牠把香蕉吃了
口袋空空沒半毛錢

猴子找工作
當圖書館員
在書架跳上跳下
太吵鬧回家告訴媽

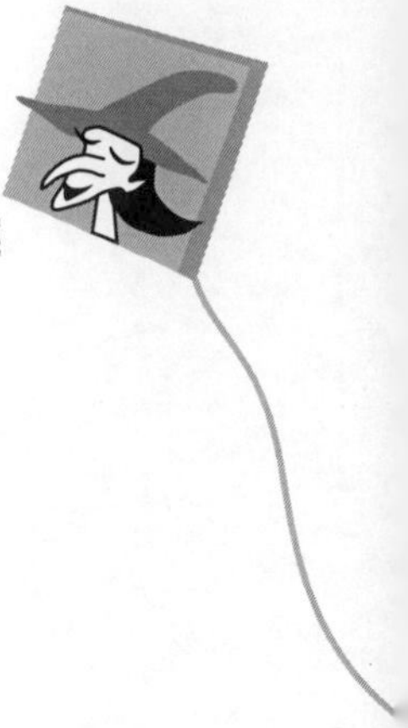

猴子開巴士
高興載乘客
闖紅燈被警車追
開紅單罰上課

猴子教人爬樹
爬到樹梢頭搖樹枝
搖啊搖　晃啊晃
大家拍手都誇說：「猴子真棒。」

小花貓

小花貓
真可愛
黑白絨毛
大大眼睛
圓圓的鼻子
喜歡撒嬌
串來串去
東躲西藏
個性驕蠻

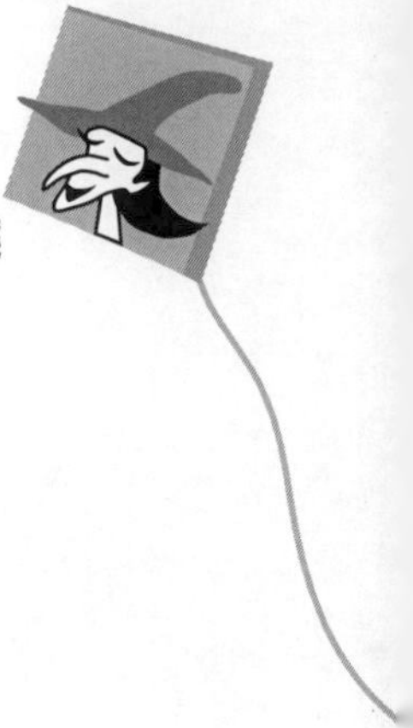

喵喵喵　喵喵喵
捉老鼠　本事大
喜歡和人做朋友
助人為樂
為己為民
快樂過一生

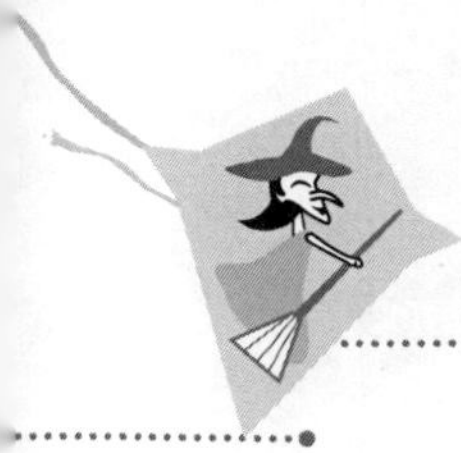

小松鼠

我看見一隻灰色的小松鼠
在草叢裡跑東跑西找食物
在樹林裡竄來竄去找果子
找到果子再多也不嫌棄

小松鼠很聰明
秋天果子黃忙收藏
果子藏在地下小洞房
冬天一來到捲曲尾巴

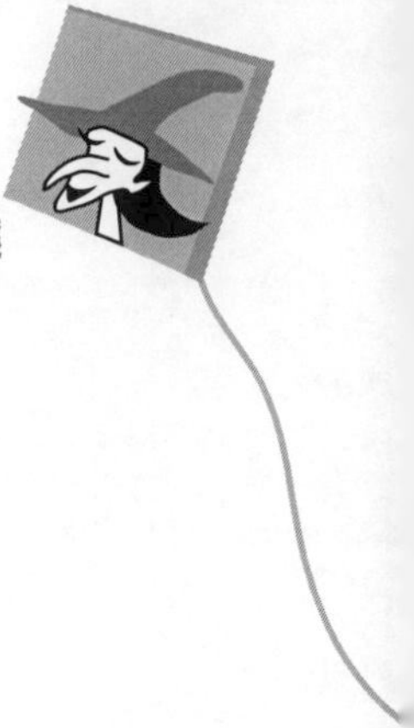

住在樹洞裡
樹洞雖小卻能擋風擋雨

春神的腳步已來到
小松鼠快快起
張開靈活的雙手撥果子
敏銳的牙齒細嚼果仁入肚子
你會是一隻活潑快樂的小松鼠

小金龜

小金龜愛俏麗
去年穿粉紅
今年換綠衣
串著圓珠珠在衣背
飛在樹叢裡嗡嗡響
與蜜蜂來爭花兒寵

小金龜愛睡覺
聰明又伶俐

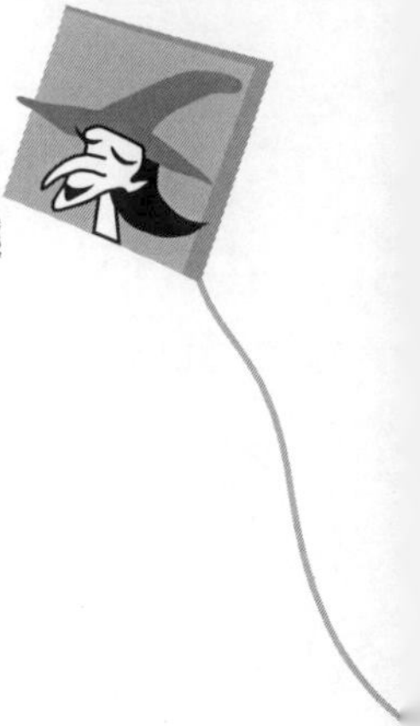

冬眠躲在小搖籃
掛在樹梢隨風搖晃
風雪一吹起
掉落在樹林裡

小金龜愛玩遊戲
身體背著點骨牌
飛東又飛西
看見蜜蜂團團繞
唱起歌來聲音小
躲在葉背和花兒捉迷藏

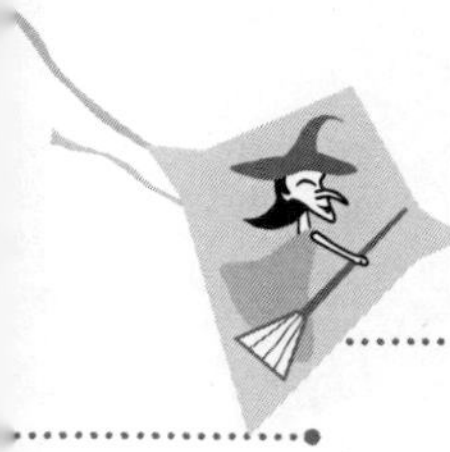

金絲雀

長得瘦瘦苗條
有了金色的羽毛
叫得聲音很清脆
喜歡跳躍在樹林
抓到她關在籠子裡
有吃有喝低頭不快活
把牠放回森林
牠高興又快樂
唱出最為迷人的歌

毛毛蟲

一隻咖啡色毛毛蟲
一步一步地向前行
不害怕不氣餒
爬上樹幹躲到樹葉裡
沒有膽蜍會注意你
沒有翱翔在空中的老鷹
會啄食你
你是很安全

小毛蟲別做工
不要再運動
你的修身時間到
織起你的身體成個網
你的輪迴已降臨
你是一隻美麗的蝴蝶
展現在花眼前

螢火蟲

草叢裡有一群螢火蟲
牠們是黑夜裡的燈籠
閃閃發光像是小星星
一會兒亮
一會兒暗
像是照明海岸的燈塔
傳送著美麗的信息
我的腦海裡

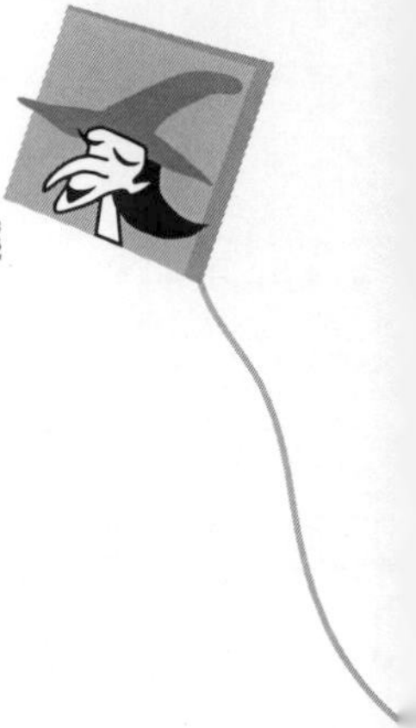

也有一群螢火蟲
牠們在空中飄來飄去
像條電魚游到大海裡
一會兒發光
一會兒休息

蟈蟈兒

秋天到　花園真熱鬧
菊花燙起捲髮穿著黃衣裳
大理花戴上一頂紅花帽

秋天到　後院真熱鬧
蜜蜂嗡嗡嗡忙做工
蝴蝶在一片片花蕊裡舞不停

秋天到　花園綠油油

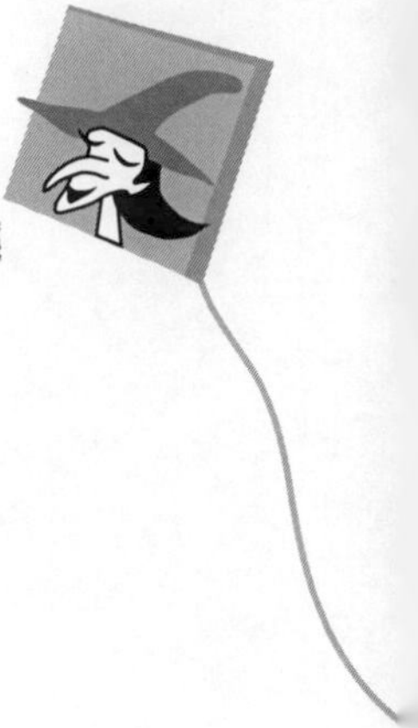

風兒搖曳草兒忙點頭
蝸牛背著屋脊到處找朋友
蟈蟈兒　唧唧唱著歌
一首歌一個童話
裝進了爺爺奶奶的心房裡

金魚

荷葉田田水漣漣
金魚長在池塘裡
游前游後擺擺尾
我來跑你來追
伸展頭喘喘氣
鑽地底深呼吸

草青青風微微
滑啊滑搖搖頭

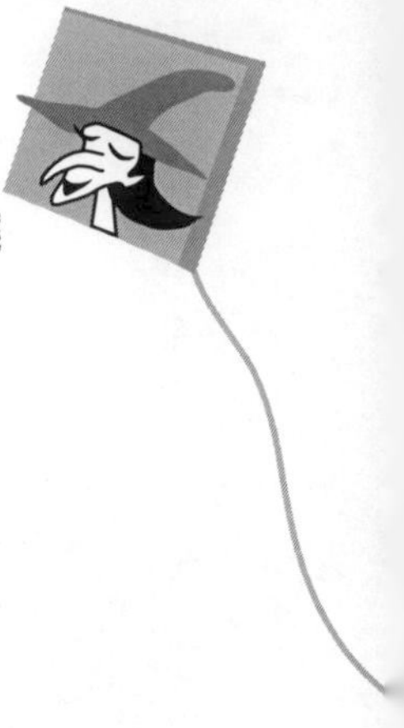

你溜前我跟後
排好隊向前齊
大家來追逐
比賽看誰得第一

池塘水清清亮晶晶
張開嘴吹起圓泡泡
五顏六色成七彩
玩捉迷藏躲避球
搖搖頭伸伸腿
游前游後擺左又擺右
下雨滴快快躲進荷葉裡

我的魚

我的魚有橘黃色的身體
牠的名子是小珍妮

牠喜歡自由自在水裡游來游去
有時候搶魚食而撞上玻璃

牠喜歡張開圓圓的嘴巴
沒聲音地唱起歌

牠喜歡與水草玩遊戲
逗得水草彎腰笑嘻嘻

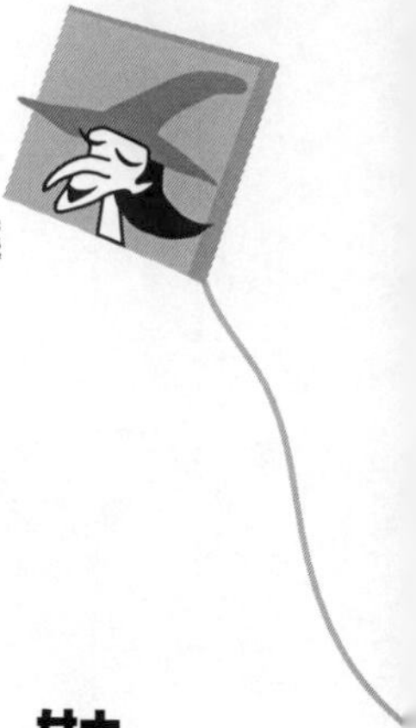

鞋子

鞋子像兩隻小船
是十個人忠心的夥伴
它們彼此不能離開對方
無論又悶又熱的太陽天
它載著我們到世界各個地方
無論唏哩嘩啦的下雨天
它載著我們走過濕漉漉的地上
它不辭辛苦載著我們
走過平坦的柏油路

走過凹凸不平的石子路
它像是一個熱心的工人
開闢一條新的道路
讓我們快樂而平安的回家

電腦

電腦住在我家
它會唱歌　會玩遊戲
它會數學　會陪我做功課
它讓我秀才不出門能知天下事
它會跑路　有時跑得快有時跑得慢
它會讓我生氣　可是我又捨不得打它
它的臉髒了　我天天幫它擦一擦
它像我的老師　也像我的朋友
它像我的爸爸媽媽

它也像我的兄弟姊妹
靜靜地在家
電腦我永遠愛著它

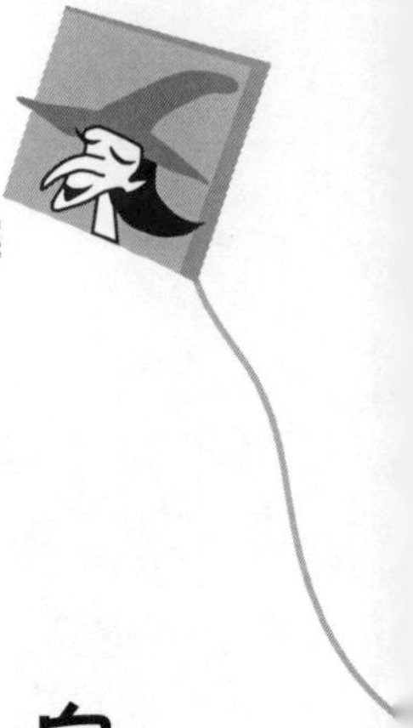

白帆

白帆沿著彎曲的波濤
在藍色的海面上行駛
輕輕地滑行前進
像一個快樂的音符

片片的白帆在海上飛揚
像一條條手帕飄向了遠方
它們不怕風雨不怕黑暗
有了燈塔照耀了它

白帆安全抵達港灣
婦女們臉上映著彩霞
孩子們歡騰跳躍像個雨天的鴨
搧動著快樂的翅膀奔向它

沉默

用什麼方式
去聆聽心靈的音樂
你說
最好用沉默
用什麼方式
去回應隱密的訴說
你說
用你心中的詩歌

用什麼方式
去接受熱情的的狂妄
你說
就用明天的別離

用什麼方式
去安撫靈魂的寬恕
你說
就用純潔的禱告聲

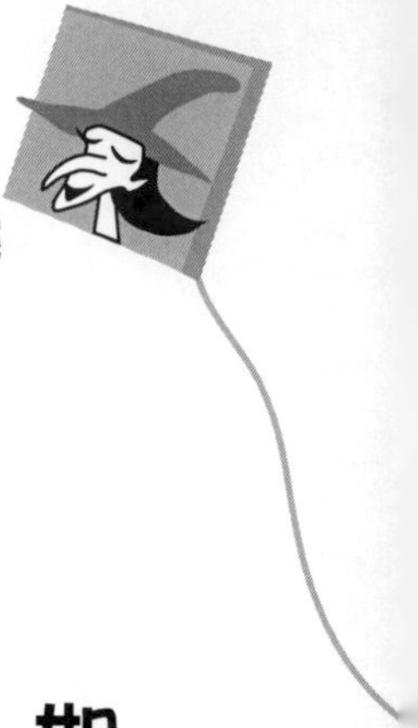

如果

如果我是一隻大象
喝果汁時
我就不用吸管

如果我是一隻袋鼠
上學時
我就可以用跳的去學校

如果我是一隻鼬鼠

與朋友打架時
我就可以輕易地放個屁
讓人受不了

顏色

我看見不同的顏色
在地球四周圍
什麼是藍色？
藍色就是海
藍色就是天
藍色是扁豆是飛燕草
什麼是粉紅？
粉紅是玫瑰
什麼是紅色？

紅色是罌粟花
什麼是白色？
白色是天鵝
什麼是橘色？
橘色是柳橙
什麼是綠色？
綠色就是草
綠色就是樹
什麼是紫色？
紫色是紫蘿蘭花
什麼是黃色
黃色是成熟果

女巫 風箏 小溪

什麼是靛色
靛色就是天空
各種各樣的顏色
它們環繞著我周圍
我不能一一數
讓我看得真迷糊

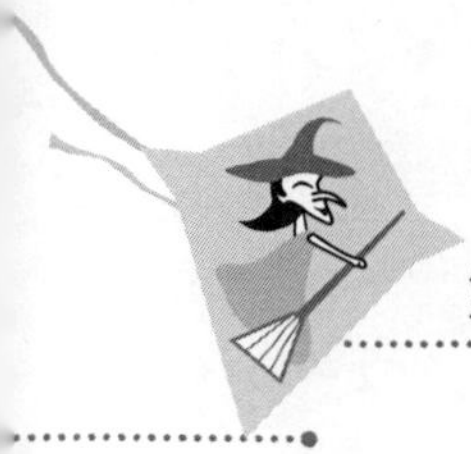

小紙船

天真無邪的叫嚷聲
很快就到河口
你拉我扯爭先恐後
放走了沒有風帆的摺紙船
飄呀飄　飄向遙遙的遠方

我們搬了大石頭
坐在河旁默默地等待
望著靜靜的水面

希望紙船快點折回來
好讓自己贏得比賽

沒有風帆的小紙船
隨風一搖一擺
真像時鐘滴答滴答跑
一去不再復返
送走了逝去的童玩

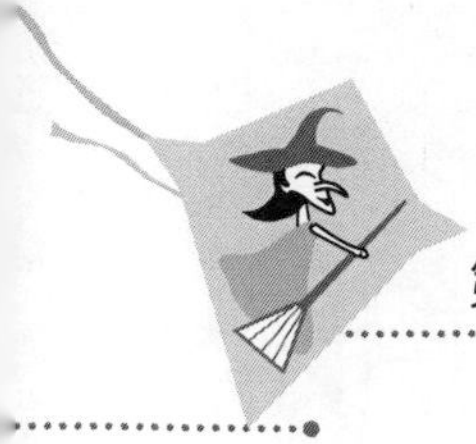

稻草人

我的身體只是兩根架了
是舊掃帚是舊木棍
我穿著農人的舊衣服
舊襪子舊手套
不管春夏秋冬
不管下雨和刮風
我都不洗澡不更衣

也許我的長相又醜又怪

但是我不彎腰不駝背
也許我的長相傷心又可笑
但是我不是雪人會溶化
我的身體筆直而堅硬
我永遠挺胸頭舉高高精神好
我戴一頂高帽子
佈滿稻草在頭上
沒有一個人會像我一樣

我每天顧不得我的長相
只知道風吹來
我的手跟著擺

我的舊衣服跟著晃
我的身體長滿了稻草
希望小鳥來築巢
但是牠們看見我就害怕
越飛越遠更不知去向

橡皮筋

橡皮筋是跳遠的高手
只要你一彈
就像箭一樣
「咻」地一聲
飛得好高好遠

橡皮筋像一個魔術師
可以變出各種形狀
成了一個頑皮球

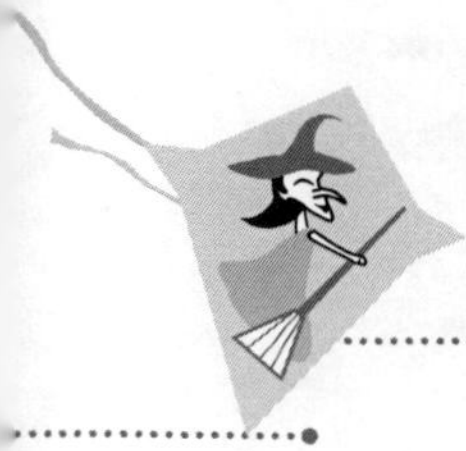

在地上翻觔斗
橡皮筋你可別太得意
好好的珍惜自己
哪一天你衰老
如果骨折了就動不了

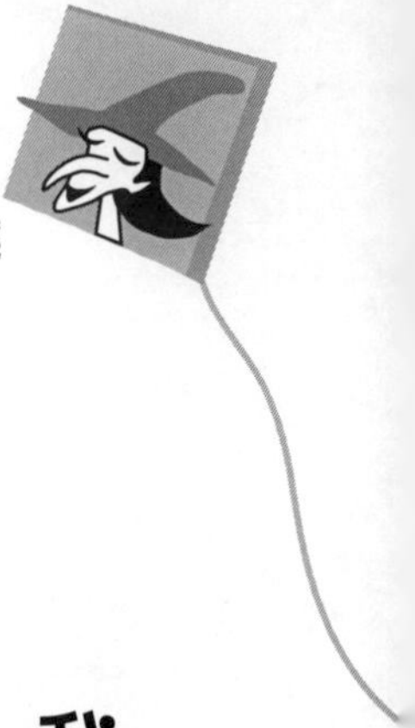

我的小手機

我有個小手機
顏色美麗深藍色
跟著我到處玩遊戲

它能發出各種信息
叫我起床
叫我背著書包上學去

它能發出各式各樣的聲音

告訴我和同學
在電話裡研討和學習

它還會發出悅耳的聲音
提醒我要好好地努力學習
做個好孩子
不要惹爸爸媽媽生氣

C.M.Lin
7/03/10

第三輯

小溪

小溪

小溪　輕輕流
魚兒　慢慢游
你與我　手牽手
快快樂樂唱兒歌

小鴨鴨　扁嘴巴
肚子餓了只會　嘎嘎嘎
頭栽到溪水　喝一口溜一口
河水笑著牠　聲音嘩啦啦

鵝媽媽　脖子粗又長
教著小鵝學游泳
腳掌浮在水面向前滑
學喝水　喝一瓢撒一把
脖子深入水　臀兒往上飛
頭兒一栽　嘰哩咕嚕　喝完水

夏夜

星光亮
露水涼
曇花旁的紡織娘
忙著編草香
整夜忙呀忙
織呀織
織了一匹布
亮在天上像雲彩

夏天月兒圓
星光閃爍
夜漫長

秋葉

秋天一片樹林落葉飄飄然
鋪在地上褐黃如地毯
只見樹兒禿光
像是出生嬰孩的健康

但見一片楓葉褐紅
頑強像是一個小搗蛋
仍留在樹上隨風飄蕩
樹根爸爸說：「快落下去歸根吧！」

樹葉兒說：「不！我要留在樹上。」

風兒呼呼的吹著
這一片葉子來不及落下
卻被一陣大雪給包在樹枝上
過了一個冬天
樹葉兒終於體會
冬天的冷漠與無情

雨滴

小雨滴好頑皮
叮叮咚咚打著傘
一蹦一跳響聲不停
撫弄我的頭髮
沾濕了我的肩膀
還與大樹爺爺捉迷藏

小雨滴好頑皮
叮叮咚咚敲著門

一蹦一跳響聲不停
這兒逛一逛
那兒闖一闖
叫著園中的綠草兒
哇啦哇啦大合唱

小雨滴好頑皮
叮叮咚咚擊屋簷
一蹦一跳摘星不停
這兒躲一躲
那兒藏一藏
叫著月兒好害羞
星星閃爍在天邊

我是陽光

我是陽光
我以金手指
點亮了廣闊的大地
觸摸著綠色的小草
拍拍手對著我微笑
我以輕輕的手
滑過小溪的臉龐
她愛歌唱嘩啦嘩啦地響
我以強烈的手

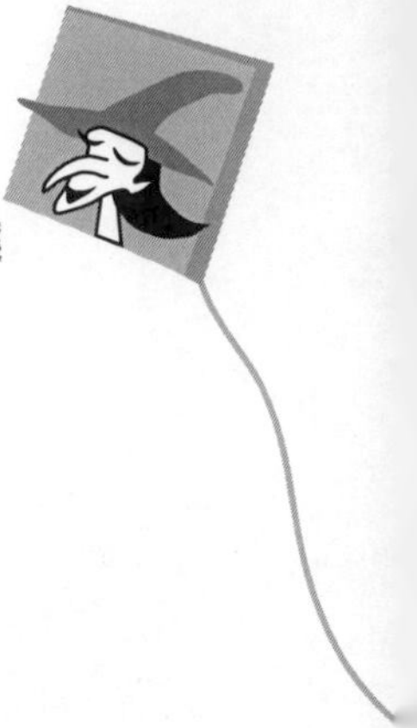

觸摸高山的背脊
他舉起手掌靜靜地站崗

我是陽光
我用溫柔的手
拉開明亮的窗
照射你的床給你溫暖

我是陽光
我以閃爍的手
使你健康有力量
不怕艱辛和困難

更加勤勞勇往直前
我以寬廣無際的光彩
讓樹葉展現亮麗
無數的花朵燦爛芬芳
我是一顆不自私自利的太陽

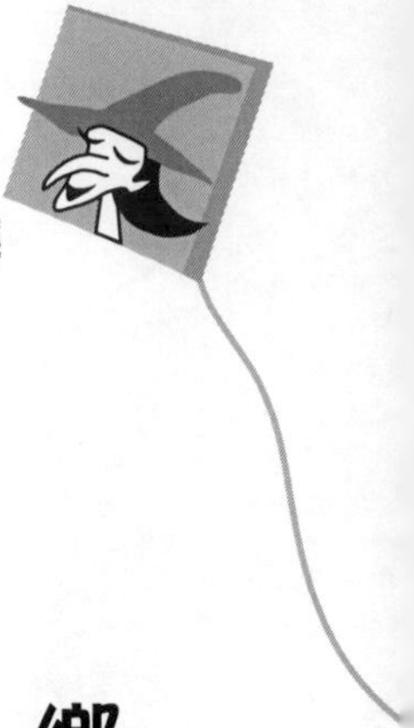

鄉村的早晨

公雞啼
鳥兒鳴
小狗汪汪叫
太陽露著臉在微笑

花兒盛開
樹兒靜悄悄
鄉村的早晨真美好

農夫伯伯駛牛車
提簸箕挑擔子
到農田種稻米
秋割冬收年年餘

小學生排好隊
手牽手一起上學校
聽到上課鐘聲
叮叮噹噹
快快跑呀！快快跑
否則上課會遲到

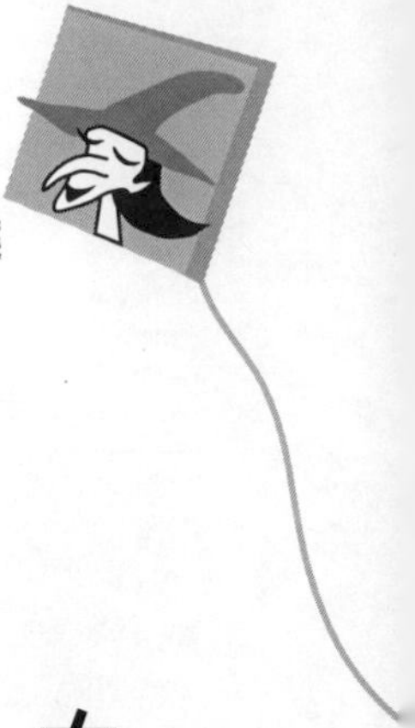

大自然的聲音

走在森林下
我聽見風吹過樹林
聲音颯颯颯
好像樹兒在唱歌
我聽見瀑布在噴灑
聲音轟轟轟
好像雷打聲
我聽見冰雹打在地上

聲音咚咚咚
好像打鼓的聲音
我聽見森林動物在歡唱
很像自然大合唱

我聽見沙漠的聲音
西西西刷刷刷
好像砂鈴的聲音
我聽見雨水落在地上
聲音滴滴答答
好像時鐘在敲打
大自然的聲音真奇妙

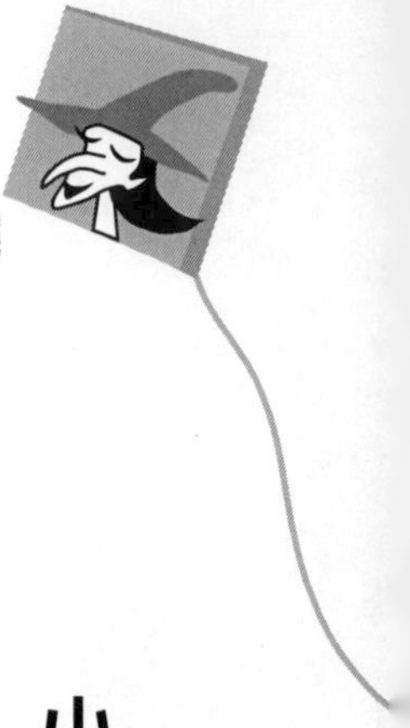

小樹

風兒撿了一堆泥土
灑了一滴水露
在大山的石縫裡
栽種一棵小樹

採了一叢陽光
吹來了雨聲
喚醒了勤勞的蚯蚓
一起培苗翻土耕耘

風兒載著春神公公來到
高興的歇一歇瞧一瞧
捧著臉抓把鬍鬚
呼呼地大聲笑
芽兒長花開滿樹梢

梅花

梅花　梅花　梅花
不怕颶風不怕下雪
千朵萬朵開在枝頭上
你是百花當中最美麗
五色花瓣純潔又芬芳

梅花　梅花　梅花
島國友朋養育著她
任憑風吹雨打都不害怕

勇敢承擔　接受挑戰　有毅力　又堅強
笑顏展現在枝頭上

梅花　梅花　梅花
我捧在手中都不放
百花中只有你與我最相親
你的花瓣寫著國土與家鄉
我愛你　我歌頌著你

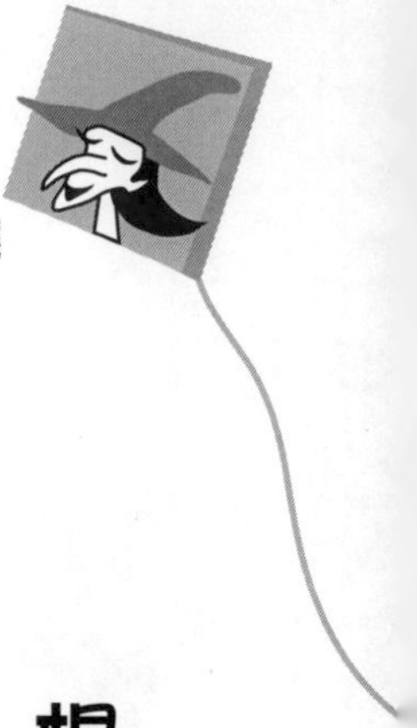

楊柳

河邊的楊柳
蹲著腳
伸伸柔軟的腰
低下頭
與水中的小魚兒話家常
小魚高興張開嘴笑咪咪
搖著尾巴游到東游到西

河邊的楊柳

彎著青青綠綠的腰
想與水邊的青蛙玩遊戲
青蛙張開嘴
咕啊嘓嘓咕啊聒聒
叫幾聲
不理不睬
伸著腿兒一蹦跳下水

河邊的楊柳
聽到
嘩啦啦閃電一聲響
轟隆隆雷聲擊鼓唱

都不怕大風大雨來侵襲
彎著腰
笑得更甜
夜晚與月亮談情與星兒眨眼

文旦柚

排排列列文旦柚
種在溪洲的大後院
祖母辛苦的栽培
媽媽努力的產業

葫蘆文旦粒粒掛低垂
青青黃黃果皮護髮脂
厚厚苦苦白肉膚
品嚐酸酸澀澀多汁液

樹兒強韌戰勝颱風季
果實白露是成熟時
中秋祭拜祖先慶豐年
民族傳統的習俗

花開了

春天到　春天到
花兒開得真熱鬧
迎春花　笑口常開
水仙花　吹喇叭
吹響得笑哈哈
玫瑰　玫瑰　我愛你
你的花兒芳香無比
開得鮮豔又美麗

女巫 風箏 小溪

春天到　春天到
百合花姐裙擺真漂亮
純白的花瓣討人歡喜
茉莉花　茉莉花
跟著花公雞一早喔喔啼
白皙的花瓣愛飲朝露水

春天到　春天到
花兒與你追遊戲
請問花姊如何迎春神來
是大大朵朵滿園開
是小小細細湊熱鬧
是陣陣芬芳撲鼻來

蒲公英

蒲公英家住青草地
花香圓圓像蛋黃
小小種子輕輕飛
風吹飄飄滿園
好像雪花飄到我窗前

蒲公英家住青草地
花香圓圓像顆球
小小種子慢慢飛

風吹飄飄滿天
好像煙火飄到佛廟前

蒲公英家住青草地
花香圓圓像地球
小小種子愛旅行
風吹飄飄滿天
好像雪花飄到故鄉園

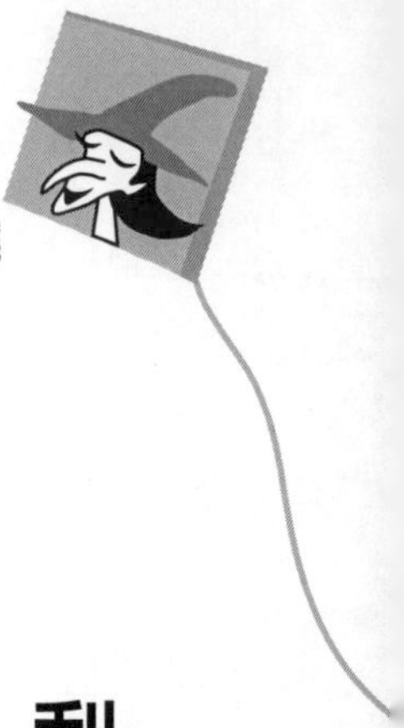

梨和蘋果

梨和蘋果是兄弟
住在格林佛的花園裡
喜歡涼涼的天氣
梨樹愛穿白衣裳
蘋果愛穿紅衣戴紅帽
春天到　花開滿園地
夏天到　梨樹張開大翅膀
喜鵲跑來嘰嘰喳喳

烏鴉呱呱愛說話
蘋果樹愛寧靜
歡迎知更鳥優雅的歌聲

秋天到　小梨顆顆掛在枝頭上
愛在樹葉下躲躲藏藏
蘋果粒粒挺起胸膛
看著大太陽
小梨長大喝咖啡　蘋果喜喝茶

冬天到　梨樹愛穿黃
蘋果樹愛紅襯衫

風兒微微開啟了窗
歡迎梨樹和蘋果到家中作客
並且提供舒適的床

蟬

夏天
蟬兒在芒果樹上
唱著唧唧歌
響徹雲霄
誰也睡不著
又像是在學校
琅琅讀書聲
落了滿樹梢

秋天
蟬兒在龍眼樹上
唱著齊齊歌
響徹雲霄
一聲高一聲低
真像媽媽的吹眠曲
落在弟弟的床裡

小鴨

小鴨上市場
提著籃子搖搖擺擺
走在路上叫呱呱呱
老闆聽不懂牠的話
問著牠要什麼
小鴨不說話
只會答呱呱呱
老闆不知牠要西瓜
還是冬瓜

火雞

雄火雞愛美麗
喜歡穿紅衣
拿把扇子圍著美女
咕咕　咕咕　咕咕地唱
「我帶你去看戲」
母火雞好含蓄
低著頭不說話
總是笑咪咪

雄火雞好開心
臉蛋兒紅紅
拿把扇子圍著美女
咕咕　咕咕　咕咕地唱
「我帶你去遊戲」
母火雞好快活
低著頭不說話
躲進被窩裡

雄火雞好得意
臉蛋兒紅紅
拿把扇子圍著美女

咕咕　咕咕　咕咕地唱：
「我要作爸爸哩！」
母火雞好害羞
低著頭不說話
張開裙子孵著蛋窩裡

鴿子

小鴿子咕咕叫
是不是肚子餓了
讓你受不了
不要急不要鬧
媽媽帶你去圖飛雅大廣場

小鴿子咕咕叫
是不是膽子小
讓你害怕了

不要擔心不要哭
威靈頓的帽子很堅固

小鴿子真高興
不害怕也不哭
跟著媽媽學飛翔
你是爸爸的好孩子
更是媽媽的好伙伴

小鴿子真開心
看見廣場可熱鬧
撿拾地上滿是花生米

一粒粒放到口袋裡
回家孝敬爺爺和奶奶

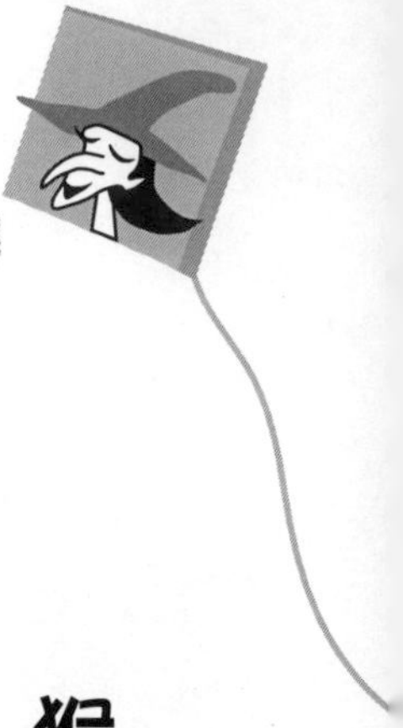

猴子

小猴子住在森林裡
一天到晚頑頑皮皮
尾巴長長地掛在樹枝裡
爬向東爬向西
愛吃香蕉皮到處玩遊戲

小猴子嘰嘰叫
一天到晚胡胡鬧鬧
腿兒長長跑到戲台上

拿著喇叭唱起歌兒
逗得大家笑嘻嘻

小猴子吱吱叫
一天到晚忙忙碌碌
還會幫著媽媽買蔬菜
左一包右一袋
輕輕鬆鬆抱回家

大公雞

我家有隻大公雞
頭戴紅帽子
身穿花大衣
一清早喜歡喔喔啼
牠叫母雞起床
母雞咕咕咕
翻個臉倒頭又大睡
牠叫小雞起床

小雞嘰嘰嘰
倒在媽媽的懷抱裡

小鴨鴨

小鴨鴨　扁嘴巴
嘎嘎叫著要媽媽
在小溪裡游水
喜愛喝溪水
喝一口　漏一口
河水不笑牠
只是嘩啦拉！
媽媽笑哈哈
笑牠是小傻瓜

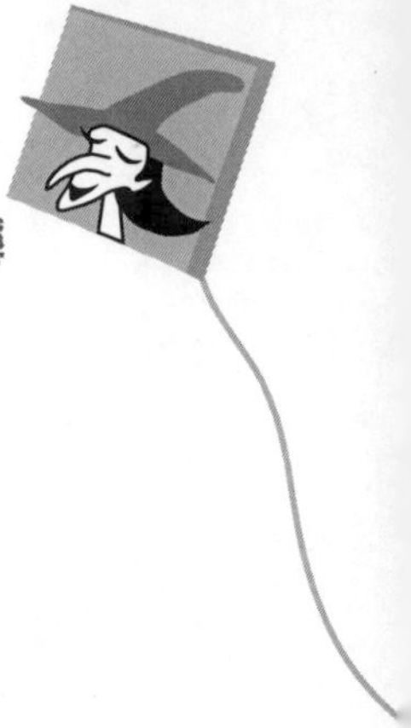

小鴨鴨　黃嘴巴
嘎嘎叫著要爸爸
在小溪裡游水
喜愛喝溪水
喝一口　撒一口
河水不笑牠
只是滴答答
爸爸笑哈哈
笑牠是小傻瓜

小鴨鴨　黃嘴巴
嘎嘎叫著要爸媽

在小溪裡游水
游到東游到西
尋找魚兒翹尾巴
河水不笑牠
爸媽笑哈哈
笑牠不傻瓜

小白兔

小白兔
你的臉好白真可愛
你的眼睛紅紅
是不是沒有睡好覺
還是吃了太多紅蘿蔔？
你真頑皮
你與烏龜比賽跑
你跑得快
我追不上你
卻讓烏龜得第一

螢火蟲

螢火蟲　你又叫夜姑娘
喜愛夏秋的夜晚
住在水邊草叢旁
你的身體有綠色的小光點

螢火蟲　你真是愛飛翔
飛到東呀飛到西
迷人的小光燈
就像閃爍的小星星

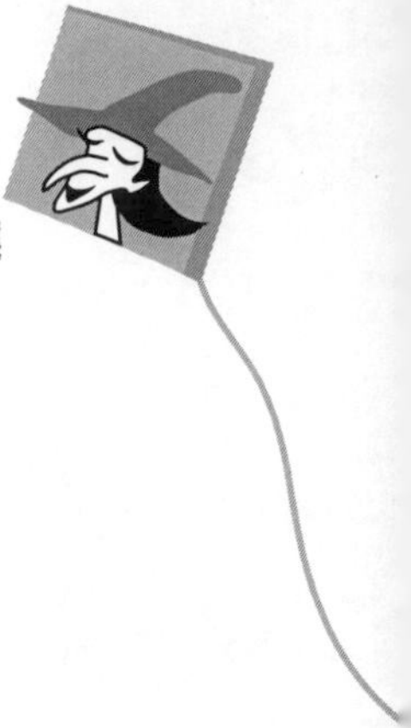

向著我的窗口眨眼睛
螢火蟲　你像照明的油燈
輕輕的翅膀展現著光芒
陪我讀書到夜晚
你是我相知相好的友伴

動物搬家

空中烏雲滾滾
雷聲閃電嗚嗚
風兒呼呼地吼
大雨嘩嘩地下
涓涓河水猛然暴漲
洪水沖垮舊房
動物找到船鼓起勇氣搬家
螞蟻爬到核桃做的帆船

松鼠和知了坐在翻過來的木桌上
大倉鼠坐在烏龜的肚子上
蚱蜢　蟋蟀　螞蟻坐在舊罐頭盒
老老少少離鄉背井
一幅悲切凄涼的景象
這是動物們的一場大逃難

五花八門的難民船
在海上飄哇飄呀
大家快抬頭看天上
烏雲層層破開了縫隙
陽光終於照射了大地

帶來動物的希望
咱們動手再建新居房

愛玩的猴子

一隻猴子給癩蛤蟆蓋房子
兩隻猴子做蹺蹺板
你上　我下
我上　你下
三隻猴子玩跳繩
你們拉長我跳高
你們拉短我跳低
搖搖晃晃真好玩

四隻猴子扮家家
誰是爸爸誰是媽媽
誰是弟弟和娃娃
五隻猴子玩躲貓貓
你們躲我來找
六隻猴子手牽手雙雙跑
一二　一二真熱鬧

七隻猴子一起炒青菜
切切切我來炒
嘰嘰喳喳菜好我裝盤
八隻猴子來拔河

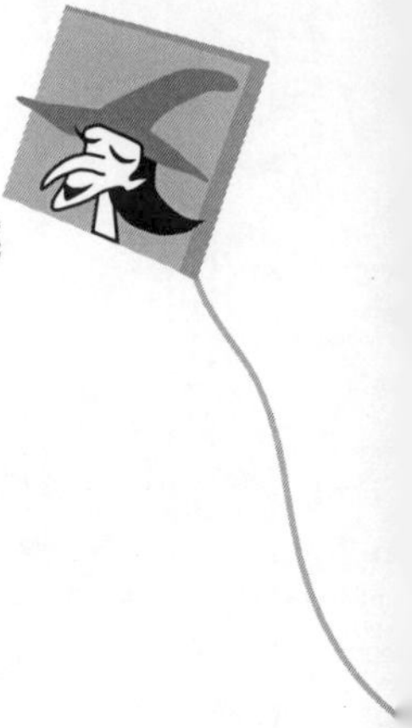

大家一齊用力拉
不是你輸就是我贏
九隻猴子開火車
嘟嘟轟隆轟隆向前跑
十隻猴子圍成大圈圈
手拉手跳起舞來團團轉
營火照得猴子臉兒閃閃發光

動物聯歡會

達比鄉村是著名動物村
位在英國達比轄郡
春天來了森林披上了綠裝
冬眠小動物已起床
準備迎新聯歡會

黑鼠　小蜜蜂　大蝗蟲
蟋蟀　黃蜂　組織管旋樂隊
你忙我也忙大家勤幫忙

田鼠三姊妹烤鬆餅
水老鼠發蛋糕
松鼠擠果汁
喜鵲　畫眉　只需張開嘴來唱歌
野兔高興來跳躍
青蛙撲通跳下水

蝴蝶翩翩起舞花叢上
呱呱呱可憐小烏鴉
嘴巴不停地抱怨嘮叨
呱呱地再說一遍又一遍
我是著名的清道夫

森林一定要掃得乾淨
免得花草樹木說：「我們對環境不保護。」

小船兒

早上太陽出來了
小船兒嗚嗚汽笛響
離開了岸邊
走在海的航線
快樂地行駛

中午太陽熱了
小船兒真頑皮
放下了網玩遊戲

走在海的中央
活潑地撈大魚

下午太陽下山了
小船兒噗噗汽笛響
滿載著魚兒
靠著岸的胳膊
安靜地睡覺了

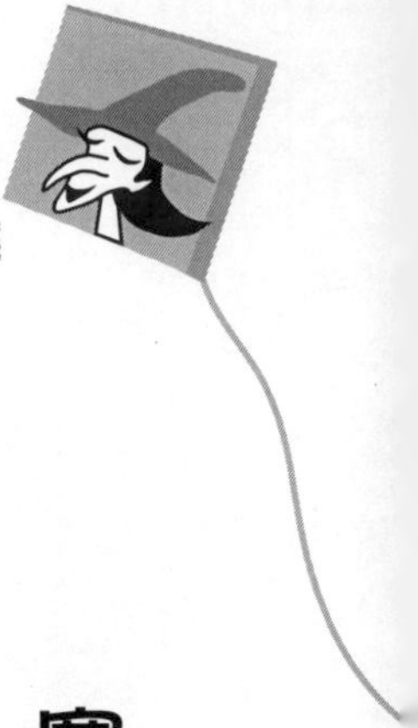

賽船

星期天真高興
來到布朗河邊玩賽船
你是小帆船
撐起白帆隨風飄
我是小輪船
打開引擎碰碰響
我們來比賽
看誰的船走得快

第一局小帆船走得快
得第一

第二局小帆船栽倒在水裡
小輪船滴答滴答響
得第一

你我不輸不贏
高高興興回家去

腳印

清晨踏在泥地上
一步一步登山爬
低頭看一看腳印
請猜一猜是誰來過？

這是熊
這是羊
這是老虎
那是貓
不……不……

都不是！

黃昏走在沙灘上
沙兒聲聲響
低頭看一看腳印
請猜一猜是誰來過？
這是一隻鯨魚
這是海豚
這是烏龜
那是鱷魚
不……不……
都不是！

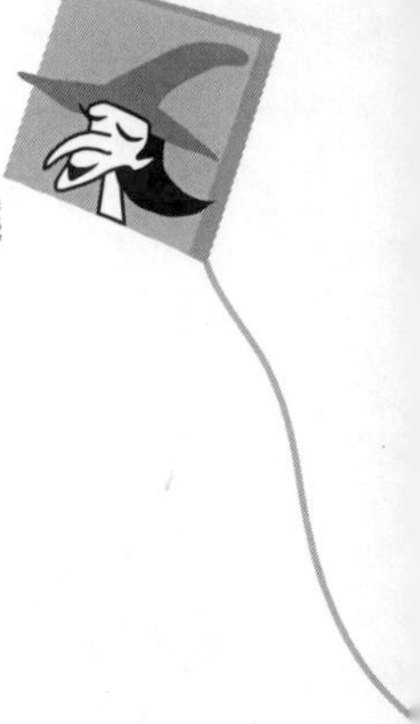

請你告訴我
有誰起得比我早
愛爬山又愛沙灘？

小弟弟小妹妹
別跺腳別著急
快一點兒坐下來
讓我好好地告訴你
那是我們的好朋友
一顆又圓又紅的大太陽

一盞燈

有一盞燈
在白天
筆直站在馬路上睡覺
不怕汽車嘟嘟響
不怕推土機哇啦哇啦叫

有一盞燈
在夜晚
跟著友伴站在路上

不怕辛苦不怕累
只顧吹著黃氣球

有一盞燈
在雨天
站在無人的角落
什麼話也沒說
淚兒一滴一滴滑落

小飛機

小飛機真神奇
能帶我飛得高
飛到雲層裡
能帶我飛得低
飛到大海裡

小飛機　飛呀飛
飛得高　飛得低
請你帶我到天上

拜訪月嫦娥的家裡
看看太空的神奇

小飛機　飛呀飛
飛得高　飛得低
請你帶我到天上
拜訪銀河裡的星星
去探索宇宙的秘密

不倒翁

我的名子叫做不倒翁
長得不高也不矮
頭大身體圓圓
胖胖可愛而圈圈
我喜歡穿紅衣服
雖不喝酒
卻會左右搖晃東倒西歪
我的祖先來自幾千年前的中國

我的年紀不大也不小
為何會叫我不倒翁？
不是因為我老
而是我無論站著或是坐著
永遠都不摔倒

我對於朋友都不選擇
老少咸宜
只要他們都喜歡我
就會抱著我坐在他們的腿上
談天話家常
我是他們小時候最好的玩伴

奶油蛋糕

做一個又大又美的蛋糕
使用奶油做成一朵紅花
紅花開在青青的草地上
奶油可以做成一隻蝴蝶
蝴蝶在紅花上飛呀飛

做一個又圓又鬆的蛋糕
使用奶油做成一朵黃花
黃花開在綠綠的草地上

奶油可以做成一隻蜜蜂
蜜蜂在黃花上嗡嗡嗡

做一個又香又甜的蛋糕
使用奶油做成一朵紫花
紫花開在朵朵白雲下
奶油可以做成一隻小鳥
小鳥在紅紫花上唱歌跳舞

一雙小小手

有一個小弟弟
名叫小星穎
長得可愛討人喜

他愛吃糖果和甜東西
時常用手兒當奶嘴
放在嘴裡像是吃雞腿

有一天

他伸出一隻小小手
有一隻蜻蜓飛在他手上
蜻蜓拍著翅膀飛走了
有一隻蝴蝶停在他手上
蝴蝶展著羽衣飛走了
有一隻蜜蜂飛到他手上
一直不走……一直不走
卻停留在小指頭
沾了甜刺了尾
小弟弟的小手腫了真像雞腿
小弟弟不再用手當奶嘴

乖乖地坐在媽媽身上
聽著媽媽說故事玩遊戲
疲倦了雙手趴在搖床裡

聖誕老公公

聖誕老公公身穿紅色衣
臉蛋祥和鬍鬚白白真美麗
駕著小鹿車趕著送禮物
聖誕老公公　你的袋子裡
到底裝了什麼東西

有我喜愛的玩具汽車和飛機
有我喜愛的糖果和餅乾
我是一位好孩子

我喜愛的禮物
有否藏在你的大袋子裡
我是多麼好奇？

愛就在你身旁

小朋友天天作祈禱

彼德說：主　請給我一間屋
喬治說：主　請給我一塊地
威廉說：主　請給我一個月亮
約翰說：主　請給我一個太陽
查理說：主　請給我一匹馬
吉米說：主　請給我一群羊
威爾說：主　請給我一座山

巍巍說：主　請給我一片海洋
魯魯說：主　請給我一條河
西西說：主　請給我一捲蠶絲
亨利說：主　請給我一個帝國
愛克說：主　請給我一頂皇冠
麗麗說：主　請給我一塊黃金
珍妮說：主　請給我一塊銀
琳達說：主　請你給我愛

上帝聽到琳達小朋友的禱告

回答說：你是乖小孩　主的愛就在你身旁

國家圖書館出版品預行編目

林奇梅童詩選：女巫 風箏 小溪 / 林奇梅著.
-- 一版. -- 臺北市：秀威資訊科技, 2010.
06
面； 公分. --(語言文學類；PG0394)
BOD版
ISBN 978-986-221-508-1(平裝)

859.8 99010406

語言文學類 PG0394

林奇梅童詩選——女巫 風箏 小溪

作　　者 / 林奇梅
發 行 人 / 宋政坤
執 行 編 輯 / 林世玲
封面及內頁繪圖 / 林奇梅 繪畫
Cover and Illustration / Chi-Mei Lin
作者照片 / 李察・翰姆特 攝影
Writer's Photograph / Richard Hammett
圖 文 排 版 / 郭雅雯
封 面 設 計 / 蕭玉蘋
數 位 轉 譯 / 徐真玉 沈裕閔
圖 書 銷 售 / 林怡君
法 律 顧 問 / 毛國樑 律師
出 版 發 行 / 秀威資訊科技股份有限公司
台北市內湖區瑞光路583巷25號1樓
電話：02-2657-9211 傳真：02-2657-9106
E-mail：service@showwe.com.tw

2010 年 6 月 BOD 一版
定價：300元

讀者回函卡

感謝您購買本書，為提升服務品質，請填妥以下資料，將讀者回函卡直接寄回或傳真本公司，收到您的寶貴意見後，我們會收藏記錄及檢討，謝謝！
如您需要了解本公司最新出版書目、購書優惠或企劃活動，歡迎您上網查詢或下載相關資料：http:// www.showwe.com.tw

您購買的書名：____________________

出生日期：________年________月________日

學歷：□高中（含）以下　□大專　□研究所（含）以上

職業：□製造業　□金融業　□資訊業　□軍警　□傳播業　□自由業
□服務業　□公務員　□教職　□學生　□家管　□其它_____

購書地點：□網路書店　□實體書店　□書展　□郵購　□贈閱　□其他

您從何得知本書的消息？
□網路書店　□實體書店　□網路搜尋　□電子報　□書訊　□雜誌
□傳播媒體　□親友推薦　□網站推薦　□部落格　□其他__________

您對本書的評價：（請填代號　1.非常滿意　2.滿意　3.尚可　4.再改進）
封面設計____　版面編排___　內容____　文／譯筆____　價格____

讀完書後您覺得：
□很有收穫　□有收穫　□收穫不多　□沒收穫

對我們的建議：____________________

____

____

____

請貼
郵票

11466
台北市內湖區瑞光路 76 巷 65 號 1 樓
秀威資訊科技股份有限公司 收
BOD 數位出版事業部

(請沿線對折寄回，謝謝！)

姓　名：________________　年齡：________　性別：□女　□男

郵遞區號：□□□□□

地　址：____

聯絡電話：(日)________________ (夜)________________

E-mail：____